LE GRAND PAVOIS

La princesse blanche

Roman court

Yan Derupé

La princesse blanche

Propriété intellectuelle © 2021 de Patrice Martinez

Édition : BoD – Books on Demand, 12/14 rond-point des Champs-Élysées, 75008 Paris

Impression : BoD - Books on Demand, Norderstedt, Allemagne

Illustration : Mark Frost de Pixabay

ISBN : 9782322200412

Dépôt légal : avril 2021

Toute autre utilisation d'informations ou de données, et toute reproduction, même partielle, est strictement interdite et constitue un acte de contrefaçon sanctionné pénalement.

Du même auteur :

Sous Patrice Martinez

La Revanche d'Ixion
La Tombe d'Hestia
L'Univers-Dieu de Tau-Thétis

CHAPITRE UN

Les soubresauts des calebasses, marmites, vaisselles et autres nécessaires à cuisine s'amplifiaient sous les assauts d'un tremblement de terre, qu'aucun mage ou devin n'avait auguré pour cette saison ; pourtant Dieu sait combien de savants, d'astrologues, de géomanciens et de sorciers se penchaient jour et nuit sur leur incunable, leurs rites mantiques et leur lunette afin de présager et de se protéger de la fureur des éléments qui affectaient la Terre de Rhyarnon… En ce temps-là, si loin qu'il faille aux hommes feuilleter dans le plus antique des incunables que les hommes aient découvert au fond d'un puits, la terre des hommes se soulevait des assauts terribles d'un dragon, caché dans sa tanière de l'Autre-monde. Il en fallait des sacrifices et des prières, qu'aucune magie blanche ou maléfique n'arrivait à apaiser les colères de ce démon.

Mais revenons à cet instant où ce vulgaire bourg – perdu entre mer et terre, à quelque cent mille pas de l'illustre cité de Taknit –, se retrouva plongé dans un bain de sang et de terreur qu'il amena ce noble royaume à relever le glaive et la double-hâche afin d'affronter les chevaliers-démons…

En cette matinée pluvieuse, la cavale trépidante des sabots meurtrissait cette terre que de pauvres hères travaillaient sans répit ; on entendait le hennissement des chevaux, leurs mâchoires tiraillées par des mors que de puissants chevaliers saisissaient avec force, d'une fierté non feinte. Leur casque miroitait dans un crépuscule d'une pourpre sanguinolente, où la rosée du matin épousait la flore et la faune glissant des ramures et des feuillus dans une exultation de dards scintillants mais qu'une naïve nymphe des bocages n'osait porter son regard nonchalant sur cette scène apocalyptique, tant la terreur prenait le pas sur la beauté des lieux. C'était tout un escadron venu des terres lointaines, haussant le pique et le glaive, causant l'effroi où les sabots de leur monture faisaient trembler cette terre arrosée d'une eau froide qu'ils parcouraient, se gorgeant de longues étreintes mortifères. La vision floue, tourmentée par tant d'heures ployées sur les crinières de feu de leur destrier s'étirant sous un blizzard âpre, leur nature démoniaque n'apportant que brutalités, rapines et crimes en tous genres ; peu importe l'âge ou le sexe, peu prévaut si le pauvre homme n'a que quelques maigres pieds de terre à labourer ou qu'il soit un notable du lieu, il fallait *faucher bas*, faire des culs-de-jatte, retrousser la robe de la vieille et arracher la chemise de lin à la plus jeune, en tout cas il fallait faire de cette terre un ENFER…

Ils atteignirent le centre de la bourgade, deux lueurs émeraude vibrant dans leur heaume d'un noir de tourmaline, la bave de leur destrier s'écoulant des mâchoires comme la lymphe des mânes émanant des trépassés. Plusieurs cavaliers descendirent de leur monture et pénétrèrent de force dans les foyers, des hurlements de terreur y émergeant comme le cri des corvidés sous le couvert d'un arbre centenaire. Puis des flammes se propagèrent aux alentours, dévorant les abris de chaumes dans un bruissement qui recouvrait le bruit des lames s'introduisant dans les chairs ; quelques femmes parvinrent à se déloger de leur masure en flammes, se faufilant entre les chaumières afin de s'arracher des griffes libidineuses de leur tortionnaire, s'esquivant entre le puits situé au centre de la modeste place et des venelles d'où s'élevaient des brasiers hauts de plusieurs pieds, pendant que des anciens dressaient leur bâton en chancelant, au nez des barbares, tant les rhumatismes affectaient leur corps usé par la rudesse de la vie. Et c'est dans ce chaos indescriptible que les cavaliers coupèrent les têtes d'un geste net, aussi puissant que le dieu de la guerre Teutatès, la serpe de la Mort n'épargnant aucune âme rebelle…

      Le soleil vint déployer ses rayons. Des fumées noires nourrissaient l'air du village d'une odeur âcre, s'élançant vers un ciel de plomb d'où un soleil étincelant aurait pu témoigner de ce drame qui se jouait dans une bourgade de la puissante cité de Taknit. Les sombres cavaliers grimpèrent sur leur monture, parés de cuir et d'acier aussi noir et brillant que la tourmaline. Leur chef pivota sa nuque massive, contemplant ce paysage calciné embrasant son regard, un sourire rageur en coin, sous le couvert de son heaume charbonneux, surligné d'un cimier à tête de griffon. Le capitaine dressa sa main gantée de mailles vers son visage austère, une chevalière gîtant à l'un de ses doigts difformes ; il la contempla d'un regard intense, acquiesçant d'un mouvement du crâne aux injonctions occultes de sa maîtresse, la sorcière *banshee* Morrigan. Des paroles inaudibles au genre humain émanaient de la bague purpurine, en des ondes troublant la densité de l'éther, comme une pierre s'échouant sur le miroir placide d'un bassin.

      C'est dans cette ambiance lugubre qu'ils se détournèrent de cette maigre bourgade, continuant leurs méfaits par mont et par vaux, leur reine blanche ordonnant de raser chaque hameau et chaque demeure afin de faire tomber la puissante cité de Taknit… car le temps était compté !…

CHAPITRE DEUX

D'un bras puissant Padarec envoya le malandrin s'écrouler entre les tables de guingois. Il avait tout juste fini de s'occuper de ce scélérat qu'un autre vaurien, le regard empli de haine, saisit sa dague d'une main et se joignit de plein grâce à cette échauffourée, qui de plus en plein repas devant le plus malfamé des cabaretiers.

Il est vrai que notre mercenaire venait tout juste de s'attabler à même la chaussée, devant l'étal du tavernier ; il avait parcouru une dizaine de lieues avant de s'échouer ici, le village n'étant qu'une étape de parcours, avant de remonter sur son destrier et de se rendre sur les lieux des crimes causés par les chevaliers-démons, en quête d'informations. Mais le premier vilain avait profité d'un instant de distraction pour lui subtiliser sa bourse, qu'il tenait pourtant d'une main ferme. L'homme avait eu tort de s'en prendre à un inconnu, qui de plus appartenait à la fine fleur des aventuriers sur dix mille lieues à la ronde. L'échine partiellement recourbée, plantée sur des jambes aussi frêles que son physique, le second malandrin jouait de la lame comme un enfant de ses osselets ; il taquinait sa proie de coups d'estoc et d'enfilade, dans un jargon qu'il affectionnait afin de le déstabiliser… Il fauchait son coutelas sur l'aire de la placette, ne prenant aucun compte du dernier client qui s'était attablé devant l'étal, détalant à grandes enjambées pour se réfugier entre une table brinquebalante et deux tabourets. Le tavernier s'était éclipsé, peut-être afin d'aller quémander de l'aide à la maréchaussée, mais ça qui pouvait le certifier, à moins d'attendre quelques gouttes de clepsydre pour constater si le commerçant avait eu cette bonne idée…

D'une feinte évidente l'homme élança un énième assaut, balançant son bras efflanqué vers le buste de Padarec ; la lame brilla sous l'éclat virulent des derniers rayons solaires, se mouvant à quelques doigts des entrailles. Il en fallut de peu qu'il aille rejoindre le Sidh, l'Autre-monde, car notre valeureux mercenaire esquiva audacieusement ce coup-là en pivotant ardemment son bassin de quelques degrés.

— Hé. Ce n'est pas cette fois-ci que ton estoc m'éjectera sur les terres du ponant, lui lança-t-il d'un sourire pincé.

Hélas le premier homme se rappela à son bon souvenir, refaisant équipe avec son confrère toujours le corps voûté comme l'arc en plein cintre d'un temple, à satisfaire son envie pressante de faire gicler la lymphe de cet homme de guerre. Ils firent donc la paire, prenant une joie de lui faire comprendre que la force est supérieure en nombre et qu'il vaut mieux offrir son âme à Arawn, le dieu de l'Autre-monde, que de subir d'atroces souffrances le restant de sa pauvre vie. Ils avancèrent certains de leur fin, à vrai dire il fallut de peu que notre soldat aille rejoindre Arawn, car soudain un bruit mat vint modifier leurs intentions belliqueuses : un tabouret déboula sur la tête du premier filou, le faisant s'ébouler comme un vieil arbre subissant l'assaut d'un vent mauvais. Le jeune homme regarda d'un sourire frondeur sa victime de mauvaise graine, puis releva sa tête toute en joie vers Padarec, pendant que l'autre homme se retourna subitement vers lui, dans une situation qu'il n'avait pas prévue dans ses intentions délétères. Padarec bénéficia de cette occasion pour balancer son poing vengeur sur le profil émacié du gredin, puis fonça sur lui et lui brisa d'un coup net le bras d'un revers de main. L'homme s'écroula de douleur, le corps bloqué par la charge du mercenaire ; la botte de Padarec largement appuyée sur la poitrine du malheureux, suffoquant comme un chien agonisant lors de sa dernière heure venue.

Des bruits de pas s'amplifiaient. Au détour de la rue

principale, une brigade de gens d'armes inonda la placette, habillée de cuir et portant des épées et des hallebardes, qu'il faille tout un mois d'entraînement pour parvenir à les soulever. Le tavernier se traînait à côté du capitaine des gardes, le front en sueur ruisselant jusqu'à son cou distendu par la bonne chère, et le souffle court entrecoupé de spasmes, causé par cette course effrénée. Le jeune homme était posté devant le corps avachi du premier malandrin, tombé dans une léthargie provoquée par un coup sur la tête, qu'à son réveil une atroce douleur lui rappellera sans moindre doute la genèse de son malheur. L'autre homme restait de même planté au sol, immobilisé comme un rat surprit par un collet, lequel était représenté par la plante du pied de Padarec, assurée par la corpulence imposante du mercenaire. Les gardes relevèrent les deux complices et les enchaînèrent, pendant que le capitaine s'adressait à notre aventurier :

— Je connais très bien ces vils marauds, lui dit-il en leur jetant un regard sournois. Ils collectionnent les heures de prison comme un enfant les heures de corvées. Mais là, ils dépassent tout entendement ! Si vous le voulez vous pouvez déposer une plainte auprès du brehon, afin que justice soit rendue.

Padarec jeta un regard glacial vers les deux hommes, tenus fermement par la garde du coin.

— Ces deux nabots n'ont pas réussi leurs forfaits ; ils ne soupçonnaient même pas à qui ils avaient affaire, et ont reçu une correction bien méritée qu'ils ne sont pas près d'oublier, décocha-t-il d'un sourire frondeur tout en les regardant des sourcils froncés. Que votre druide juge de leur sort. En ce qui me concerne, je cherche l'hospitalité pour me restaurer et prendre un repos bien mérité, avant de reprendre la route dès l'aube…

Puis il s'approcha à grands pas du jeune homme qui lui sauva la vie.

— Je te dois une fière chandelle, mon ami. Sans ta présence, j'aurai rejoint plus tôt que prévu le domaine du Sidh (l'Autre-monde), annonça-t-il calmement. Quel est ton nom ? tout en jaugeant sa petite taille qui n'a assurément causé aucune gêne pour oser secourir l'étranger…

— Abhcan, fils de Fingar, annonça-t-il tout en relevant ses braies et resserrant sa ceinture d'une manière désinvolte. Et toi, fier étranger, quel est le tien ?

— Padarec. Padarec de Cernach, fils de Mairtain et de Gwenola.

— Je serais heureux de partager mon repas et ma hutte en ta compagnie, Padarec de Cernach.

Padarec s'approcha du tavernier, et à la vue des dégâts il ouvrit son escarcelle, afin de régler la note. Celui-ci releva sa main en signe de refus.

— Ce n'est pas la peine, mon ami, dit-il d'un ton sincère. Ces deux-là feront l'affaire, ils devront me régler la note en réparant les dégâts. Je connais notre brehon, il ne laisse pas passer ce genre de délit sans que les fauteurs de troubles s'acquittent de leur corvée…

La garde emmena les deux gredins vers la crête de l'oppidum, où se délimitait un enclos pouvant accueillir les malandrins, sous les lueurs émergeant des entrées de maisons faites de torchis et de chaume, pendant que le vaste chaudron céleste se rehaussait d'étoiles scintillantes. Abhcan et Padarec se dirigèrent à l'opposé, en direction de l'orée de la forêt où s'y adossait une simple cahute bâtie de torchis et d'un toit de chaume. Padarec tenait le licol de son coursier, harnaché de quelques affaires qu'il emportait pour ses besoins, d'un écu, du casque, et de son épée accrochée à l'un des flancs du noble animal. Un vent frais se leva, emportant les premières feuilles d'un automne précoce vers le ponant, en ce lieu où les âmes des mortels se reposaient avant d'affronter une nouvelle incarnation sous la peau drue d'un sanglier, d'un cerf ou d'un rapace…

*

Le coursier s'abreuvait dans le seau que lui avait fourni Abhcan et de fourrage répandu près de l'entrée ouverte à tous les vents. Mais l'herbe grasse du pré suffisait à l'engraisser, car en cette contrée une rivière serpentait entre les troncs des arbres, chantant sa mélopée cristalline à qui veut l'entendre. La bâtisse disposait d'une levée de terre pour délimiter les quelques empans de terrain lui appartenant. Mais malgré son âge, elle avait été construite avec soin, même si le chaume demandait à être rafraîchi, car des ouvertures commençaient à bailler et à éventer la maison.

Abhcan nourrit le foyer, jetant pêle-mêle quelques brindilles à la base des flammes, qu'une volute noirâtre s'élança vers la toiture dans une danse lascive. Puis il versa dans le chaudron quelques parties de jarret d'un mouton, afin de ravigoter une soupe noyée d'une respectable portion d'eau. Padarec retira son manteau et le posa sur le lit d'herbes sèches à côté du foyer, puis il jeta un regard attentionné vers son destrier, s'assoupissant sous la lueur vibrante des étoiles se rehaussant de l'éclat argenté de la déesse Dana. Quelques nuées filaient vers le nord, pendant que la lune, pleine, féconde, s'élevait derrière la crête du talus en une bienveillante gardienne du foyer et de l'amitié.

Le mercenaire s'installa sur la couche, pendant que Abhcan vint le rejoindre, lui offrant une cervoise giclant comme une mer déchaînée. Padarec huma la boisson, fortement alcoolisée, embaumant ses narines d'une odeur maltée. Il avala une lampée, un goût prononcé d'arômes d'orge puissant livrant au palais tout un panel de senteurs fleuries et de miel d'une profonde onctuosité. Dès que le trait de cervoise ruissela dans sa gorge, il excita ses papilles à la découverte de fragrances oubliées – des images fugitives de femmes languissantes vinrent taquiner son esprit, le corps voluptueux de ces déesses s'acoquinant de cambrures suggestives, prompt à relever un mort tombé au combat. Il détailla le jeune homme, dont le visage effilé comme une dague se nimbait d'une chevelure d'un noir corbeau, de longues mèches ondulées retombant sur des épaules efflanquées d'où une pendeloque d'arbre de vie, suspendue à la plus longue, oscillait mollement sous les impulsions taciturnes de sa tête.

Il s'assit dans une insouciance propre à la jeunesse, la corne à la main et le cœur empli d'une lourdeur que Padarec ressentait, tant son regard dégageait une mélancolie qu'il masquait péniblement à son hôte.

— Tu vis seul ?

Abhcan releva sa tête, le regard pétillant.

— Oui. Mais chaque journée s'exile comme le défilement des nuages, poussés par un vent fort. Il avala d'un trait la moitié de la cornée et resta un instant silencieux, seul l'expir du foyer et du vent ébruitant leur présence…

Le cheval hennit, sûrement causé par quelques rongeurs faisant ripaille sur sa part de fourrage.

— Où mènent donc tes pérégrinations ? demanda-t-il en lui adressant un sourire courtois, divulguant une bouche partiellement édentée.

— Comme tu as pu le remarquer, je suis un mercenaire, à la solde du roi Maddan. Mon périple est long et ardu, je dois franchir dix mille lieues afin de rejoindre les armées du Rhyarnon et repousser la menace qui plane sur ton pays.

— Il t'a donc proposé de servir une noble cause, car tant de crimes et de souffrance s'abattent en ces temps sombres…, dit-il en soulevant le récipient en corne de buffle, dont quelques gouttes s'enfuirent de leur contenant pour s'ébattre sur sa veste, élimée par l'usage et le temps. As-tu eu connaissance du terrible holocauste qui a eu lieu à Sráidbhaile Darach ?

— Hélas, répondit Padarec d'un ton âpre. C'est la goutte faisant déborder le cratère. Il nous faut repousser l'ennemi jusqu'aux frontières du mont Claw Fola, en passant par les contreforts de Cré Dóite, en ce lieu où fourmillent les gobelins.

— Ta route est longue et emplie d'embûches…

— Cela est mon destin. Ma vie se résume à croiser le fer, et à parcourir le vaste monde de Dana, en quelque endroit où les hommes ont besoin de mes bras et de mes jambes pour servir le noble comme le pauvre.

Ils portèrent un pot à la déesse Dana en soulevant leur corne, et les vidèrent d'un trait tout en émettant des borborygmes du ventre.

— Que fais-tu donc de tes longues journées ? demanda-t-il tout en se penchant vers lui, les yeux pétillants sous l'effet de la boisson.

— Je n'ai pas de poste attitré ; lorsque je n'assiste pas le fermier, on peut me retrouver chez le potier, le charpentier ou le bûcheron. Il m'arrive aussi de seconder notre tavernier, lors des grandes fêtes religieuses…

— Durant la rixe, tu n'as pas eu froid aux yeux. Beaucoup d'hommes se seraient éloignés et terrés à l'arrière de l'étal, attendant patiemment que l'orage se passe… Il réfléchit, puis lui proposa un marché. Ma route est longue et pleine d'embûches, mais je songe depuis quelques jours à me mettre en quête d'un écuyer. Je te propose de cheminer en ma compagnie jusqu'aux contreforts de Cré Dóite… Tu auras droit à la bonne chère et je t'offrirai de quoi te vêtir, car en ces lieux l'hiver est particulièrement vigoureux. Enfin, lorsque nous serons arrivés au pied du mont Claw Fola, tu seras libre de refluer vers ton pays afin de conter à ta descendance tes exploits d'aventurier…

Abhcan resta sans voix devant la proposition soudaine du mercenaire. Lui qui n'avait jamais dépassé une dizaine de lieues de son logis, cloîtré dans son village où il naquit, faisant mille travaux que le forgeron ou le potier lui demandait, sans penser au lendemain et à la course du char solaire déployant son faste sur les terres fertiles de Dana.

— Ce que tu me demandes là n'est pas anodin, d'autant plus que ce périple est semé d'embûches : entre les gobelins, les brigands et les coupe-jarrets, rien ne nous sera épargné afin de mener à bien cette campagne…

Sur ses mots il se releva et rejoignit le chaudron d'où émergeait de son giron un fumet à creuser l'appétit d'un ogre. Il emplit les bols d'un ragoût fumant, puis revint s'agenouiller près de Padarec et lui présenta l'écuelle, dont les vapeurs dégageaient des fumets de mouton et de légumes prêts à garnir la panse du mercenaire, habitué à jeûner lorsque les circonstances n'étaient pas propices à lui fournir une simple potée de choux.

— Ha ! Tu préfères le confort et la sécurité, bien à l'abri dans ta *petite* vie routinière de citadin, d'un modeste bourg perdu de ce royaume… Ma foi, si cela suffit à ta peine de bienheureux sédentaire, dont la vie quotidienne se résume à butiner de-ci et de-là quelques menus statères propres à satisfaire le petit-bourgeois qui sommeille en toi…

L'hôte de ces lieux resta sans réponse devant cette rhétorique virulente, estimant qu'il n'avait rien à justifier sur la vie qu'il menait dans l'arrière-pays du Rhyarnon, et fit simplement abstraction des assertions volubiles que son convive tentait de lui fourguer en douce, afin de le faire douter d'une vie tracée d'avance.

Il se pencha et délogea un violon caché dans le fouillis de morceaux d'étoffes en fourrure jetés à l'aventure sur le sol, un violon gravé dans un bois d'érable de bonne facture, régla la tension des cordes en écrin et lança un air du coin, propre à réanimer des images et des émotions enfouies dans le plus rude des cœurs. L'archet dansait sur les cordes, offrant des mélodies parfois mélancoliques, et d'autres joyeuses, que le mercenaire écoutait d'une attention soutenue, calant son poing contre sa barbe broussailleuse d'un air de fier auditeur. Abhcan se mit en train, lançant d'une voix douce et parfois puissante une chanson d'amour et de fidélité où le modeste paysan devait rejoindre l'armée de Dana afin de faire plier le belliqueux envahisseur, laissant le soin du gîte et du lopin de terre à son épouse, dont elle avait la garde de ses deux bambins, sachant pertinemment que ses enfants ne reverraient probablement jamais le visage rayonnant de leur père.

Dehors, sous les éclats froids des étoiles et d'une lune auréolée d'un diadème d'argent, le destrier s'était assoupi, son esprit animal plongeant dans une série de rêveries où le halètement de ses naseaux menait sa cadence sur la course effrénée de ses sabots, dans un déluge de traits et de lances, sur le vacarme hargneux des chevaliers-démons…

CHAPITRE TROIS

Abhcan sommeillait encore lorsque Padarec se hissa sur son coursier. Le froid imprégnait l'atmosphère de ses dards glaçants, tandis qu'un givre enveloppait la nature d'un linceul blanchâtre, étincelant sous le disque bas de la lune glissant vers le monde des morts pour un temps. Des bouffées de vapeur s'échappaient de l'homme et de la bête qu'il montait, les exhalaisons diaphanes se fondant dans un brouillard naissant. Une chouette hulula, pendant qu'une biche, cachée derrière un fourré, s'éclipsa sous la ruade du destrier que l'homme secoua sur-le-champ. Padarec reprit le contrôle de sa monture, l'apaisant d'une main ferme mais chaleureuse, puis lui susurra quelques mots dans un jargon issu d'un autre monde, sûrement un idiome originaire de son lointain pays. D'un bras sûr il fit tourner la tête massive de son cheval, dont les crins argentés scintillaient sous l'aura d'un nouveau jour, puis il jeta un dernier œil vers la masure, les commissures des lèvres légèrement relevées dans un sourire taquin ; Padarec claqua le flanc de la bête et s'éloigna de la hutte sous l'allure tranquille de sa monture…

La piste n'était pas aisée à cheminer, le cheval hésitant devant les nombreux nids-de-poule essaimés par des chariots peu enclins à porter des charges lourdes dépassant fréquemment leur capacité ; il fallait toute la mesure de ses sens aiguisés pour qu'il puisse guider son coursier afin qu'il ne se blesse pas durant la traversée, un peu hasardeuse, d'un bois dont les frondaisons pliaient leurs ramures sous le poids de la froidure et du givre. Des bancs de brume pénétraient le bocage, sinuant comme une armée des ombres à l'affût de potentiels ennemis, et glissaient entre la futaie en des drapés vaporeux apportant l'effroi aux simples d'esprits, récalcitrants à émerger de leur chaume pour aller naturellement glaner quelques oiselets bloqués dans un collet, qu'ils avaient posé la veille de ce jour naissant.

Il jeta un œil vers la voûte du ciel, distinguant quelques bancs d'un bleu délavé se dilatant lentement au fil de la journée. Le mercenaire se dirigeait par d'austères cartes dont la précision laissait à désirer, laissant plutôt son esprit émerger des intuitions propres à son expérience de vieux baroudeur que le moindre marquage naturel, telle une roche illustre ou un arbre vénérable, pouvait l'aiguiller par la grâce de vétérans camarades ou de vieux chemineaux connaissant la région comme le fond de leur braie. C'est par cette piste qu'il pratiquait qu'émergèrent en son esprit des images de guerre et de combats féroces, où les forces sombres de la sorcière Morrigan harcelaient et poussaient le monde des hommes à céder leur destinée. Des batailles où les guerriers démoniaques pouvaient faire plier les plus ardents chevaliers par leur nombre et leur force toujours croissants ; des images où des faces aussi livides que des trépassés laissaient jaillir des crocs et des cornes que la nature avait sûrement produits par erreur, à moins que ces monstres soient issus d'un nécromancien ou d'un sorcier, sous les ordres maléfiques de la princesse blanche, à la solde de Arawn, le dieu de l'Outre-tombe.

Puis un bruit de sabots clopinant sur la terre encore gelée vint troubler son oreille, l'éveillant d'une léthargie qui en disait long sur son passé, mais bien peu sur ses origines qu'il cachait, enfouie dans l'antre de son cerveau comme un trésor de leprechaun.

Il donna un coup de bride et se dirigea vers une trouée végétale, dont un épais buisson l'abritait de l'inconnu voyageur, dont le hennissement d'une mule parvenait jusqu'à ses oreilles. D'une main gantée il tenait fermement la bride, de l'autre il caressa l'encolure de son destrier, le rassurant du plat de sa main, pendant que le mystérieux cavalier n'était pas loin d'accéder à sa hauteur…

Il vit poindre entre le filet de branchages une étrange monture, toute à la fois intrigante et divertissante à la vue, quoiqu'on se demandât si l'homme avait toute sa raison, puisque le mulet n'en faisait qu'à sa tête, déambulant de long en large et menant la voie plus que son maître ne la menait ; à qui profitait cette étrange mouture équestre ? Dont on pourrait prétendre, à première vue, que cette bête de somme impose ses lois pendant que le cavalier fait pâle figure devant la conduite hasardeuse de son pauvre destrier, qu'il avait tant de mal à raisonner.

Padarec déboula de sa cache.

— Halte-là ! cavalier sans tête et sans bras.

Il lui barra le passage, pendant que la mule prit soudainement peur et rua dans les brancards, se cabrant et s'élançant vers la souche d'un arbre, s'érigeant aux abords du chemin. D'un coup sec des étriers, le chevalier rattrapa la folle monture et parvint à la bloquer et à l'arraisonner avant que le cavalier s'en aille rejoindre, tête la première, cogner contre quelque tronc de chêne dur comme un pavé de la cité de Taknit. Padarec jeta un regard froncé vers l'étrange propriétaire de ce mulet.

Sous l'épaisse calotte de laine, il découvrit le visage de Abhcan, le front en sueur et le regard hébété par cette folle mésaventure qu'il mena dans un entrain d'enfer.

— Abhcan ? mais que fais-tu donc sur cette bête que seul le plus pauvre des hommes ne voudrait monter, sans déposer au préalable un ex-voto au dieu Ésus afin qu'il protège son voyage et son crâne, d'un potentiel risque d'accident.

— J'ai décidé de faire quelques lieues en ta compagnie, n'ayant de monture que cette bête de somme que le mastroquet m'a prêté, en toute hâte je l'avoue, déclara-t-il en redressant sa coiffe partant à la dérive.

— Ah ! Ah ! Que voilà un sommier voulant se faire passer pour un roncin ! s'exclama Padarec, tout en joie de voir son ami suivre le chemin d'une expédition martiale de haute envergure. Il jeta un œil sur les affaires que portait l'animal sur ses flancs. Mais tu as quitté ton gîte sans aucune planification de voyage ? Crois-tu que tu pourras survivre sous les rigueurs de l'hiver et des attaques belliqueuses en te fagotant ainsi ? Tu ne disposes même pas d'une seule arme d'hast pour te couvrir en cas d'attaque.

— Ha, si ! répondit-il en lui montrant une vieille machette au tranchant émoussé et rouillé jusqu'à la garde.

— Parbleu. Ce n'est pas avec ce genre d'accessoire servant à vider les entrailles d'un cochon que tu vas ainsi te protéger d'un truand ou d'un orque, dont rien qu'à leur approche, tu détaleras comme un lapin. Il te faut une pique, ou à la rigueur une hache pour défier les légions démoniaques… Et bien sûr une épée ou un glaive forgé dans le plus bel acier de Damas, expliqua-t-il en lui montrant d'un doigt son épée dormant dans son fourreau, fixée à même son échine massive. Mais n'ayant pas la bourse d'un roitelet, nous trouverons bien un forgeron apte à nous vendre un bon tranchant, pour quelques sous, dans le bourg de Páirceanna Cloiche.

— Je n'ai pas les moyens de tes prétentions, expliqua Abhcan. Comment pourrais-je acquitter ma dette ? Si ce n'est qu'en t'assistant le restant de ma courte vie, demanda-t-il d'un air angoissé.

— Ne t'inquiète pas pour ta commission. Notre seigneur Maddan le Juste octroie le pain et la bourse à condition de mener à terme notre lutte, certes longue et pénible, et de servir sa cause en nous plaçant sous son ombrage durant cette guerre qui s'annonce fort rude. Il faudra que tu suives mes conseils, écoutes d'une oreille attentive toutes mes injonctions et, surtout, que tu places ton cœur et tes émotions dans les mains de notre déesse Dana…

Du même temps, il guida le mulet et son cavalier vers le centre de la route, et se plaça devant Abhcan afin d'ouvrir la voie.

— Nous devons progresser si nous voulons atteindre la

prochaine halte pour se restaurer. On en profitera pour troquer ton mulet contre un bon roncin, et nous verrons pour te trouver des vêtements plus chauds afin d'affronter les contreforts de Cré Dóite…

*

La cité Páirceanna Cloiche s'adossait contre un promontoire, dont la fraîcheur de son ombre recouvrait encore le bourg comme une aile sombre et protectrice. Telle une barbacane, une arête rocheuse d'un ocre rouge en sectionnait le tenant de l'artère principale et s'étirait jusqu'à la paroi rocheuse opposée, offrant juste le passage d'un chariot afin de s'engager dans la basse-cour, dont un marché de plein vent y étalait sa foison d'étals et de toiles protégeant les denrées périssables des conditions climatiques. Une bande de marmots vint à leur rencontre, quitte à bousculer le vieux du coin et à semer la zizanie sur les étals situés à l'orée de la barbacane, sous la fureur des marchands ; le plus grand des braillards marchait à côté de Abhcan, lui lançant des vers à consonances graveleuses, des mots grossiers s'échappant de son gosier encore sous le joug de l'enfance dont il répétait comme un mainate des rimes qu'il n'en saisissait pas l'expression. Les plus petits entouraient le destrier, leurs regards enthousiastes pétillant devant la magnificence du percheron et du chevalier, battit comme un colosse.

— Seigneur ! Seigneur ! Vous venez de loin… ? lui demanda l'un des rejetons de la cité.

Un petit et costaud le rabroua.

— Laisse donc le chevalier tranquille. Ne vois-tu pas que son canasson a l'échine courbée comme un vieux croûton, tant le trajet fut long ?

Padarec les contemplait d'un regard amusé, se courbant vers le petit rondouillard afin de lui parler.

— Sais-tu où gîte le palefrenier ?

— À deux ruelles d'ici, intervint de nouveau le plus maigre de la bande. On peut vous y conduire, si c'est pour reposer votre coursier, sieur chevalier…

— Ouais, mais ça fera un sou chacun… ! s'exclama le plus gros.

— Ah ! Ah ! Ah ! Je sens bien en toi l'esprit d'un futur homme d'affaires éclore.

Il fouilla dans sa bourse et jeta les piécettes à la volée. Les marmots sautaient comme une bande de passereaux, déchaînée par cette moisson soudaine.

Tout ce petit monde aussi jeune que leur esprit était vif et roublard, mena les deux étrangers par des venelles aussi étroites que la croupe d'un vieux sommier, plus à porter des charges lourdes qu'à reluquer les flancs d'une bourrique en chaleur. Ils atteignirent une ruelle tombant en cul-de-sac, dont les murailles de pierres s'élevaient sur plusieurs coudées, protégeant la placette d'une chute accidentelle de moellons, accrochés à fleur de l'à-pic du flanc montagneux ; des lichens d'un vert bâtard s'y agrippaient comme une colonie de freux protégeant leur couvée, et de chétifs arbustes déployaient leurs branches et leurs racines tourmentées en quête d'étançons, leur centre de gravité toujours en proie à l'impondérabilité des éléments atmosphériques, d'une nature parfois capricieuse et rebelle.

Les deux hommes descendirent de leurs montures puis pénétrèrent dans ce qui s'apparentait à une écurie. En ce cas-là, on aurait plutôt pensé à une étable, si ce n'est que deux pauvres carognes se penchaient sur quelques tas de fourrage, en quête de pitance qui n'avait que l'appellation en termes de qualité. C'est dans une semi-obscurité qu'ils devinèrent la silhouette pâteuse du palefrenier, tout en ses labeurs éjectant le fourrage gâté empreint d'une forte odeur de purin, avec sa longue fourche. Il finit par les apercevoir, entre deux coups de fourche s'abattant sur le tas de lisier, les mottes de crottes giclant dans l'atmosphère fétide du lieu. Il s'approcha dans une pénombre à faire peur au plus fragile des marmots, dont par ailleurs ils avaient détalé comme des lapins, sitôt qu'ils conclurent le marché, s'éparpillant comme une brochette de margoulins à l'approche des gens d'armes.

Sa mine épaisse sortit des entrailles de la nébulosité, illuminée par le seuil de l'appentis, revêtant une peau blafarde et plissée sous son amas de chair boursouflée par la ripaille et par une indigestion de tord-boyaux dont il détenait les arcanes de la recette. Son front luisait sous l'éclairage diffus de la pièce, la sueur ruisselant en longs filets sinueux longeant ses tempes puis dégoulinant jusqu'aux larges plissures de son cou râblé.

— Ouais ? dit-il d'une voix lourde, de ses grosses babines déjà en manque d'une bonne lampée de cervoise. Il décrocha sa gourde de la ceinture, déboucha le goulot et but d'un trait, la boisson déboulant dans son gosier en longs clapotis empressés de combler le lit d'une ravine.

— Nous voulons que nos montures prennent du fourrage et un repos bien mérité le temps que nous nous attablons auprès d'un étal du cabaretier du coin, déclara Padarec pendant que le palefrenier redressa sa nuque massive, souriant d'avoir pu combler sa panse de quelques giclées de cervoise fortement alcoolisée.

Le palefrenier fit un rot et inclina la tête, jetant un œil vers l'entrée, à la vue des deux chevaux attachés près du seuil de l'étable.

— Ouais… Ça fera 2 deniers pour les box, plus 3 deniers pour 6 gerbes d'avoine ; mais pour la consommation d'eau, je vous fais des faveurs…

Padarec loucha sur les dires du palefrenier, rien qu'à la vue de l'écurie il ressentit un haut-le-cœur poindre de ses entrailles.

— Trois deniers pour quelques bottes de foin, c'est rouler le chaland dans la farine ! s'exclama-t-il, le regard noir.

— Je ne vous retiens pas, répondit le palefrenier d'un ton glacial. Vous pouvez toujours trouver moins cher à deux cents pas d'ici, mais ne croyez pas que le premier fermier du coin vous fera des complaisances, vous n'êtes pas de la région et les temps ne sont pas adéquats pour ouvrir les portes du logis comme l'on ouvre les portes de son cœur à la vue de la première pucelle qui passe…

Le pas lourd, il se déplaça vers une stalle et leur présenta le râtelier d'un doigt sûr, épais comme une solive de charpente.

Padarec et Abhcan se regardèrent, l'esprit indécis, hésitant sur l'action à entreprendre.

— Ces deux mangeoires sont déjà prêtes. Si mes conditions vous conviennent, vous pouvez placer vos deux bourrins sur les deux stalles contiguës. Sinon, passez votre chemin. Je n'ai pas de temps à perdre en futiles palabres pour quatre sous à grappiller…

*

Au centre de la pièce, un antique poêle à bois diffusait sa radiance dans la modeste taverne : une lueur rubiconde émergeait du foyer, enveloppant les quelques habitués d'un habit de lumière vibrant sous les frémissements des flammes. Le maître des lieux s'approcha du fourneau puis ouvrit le foyer, y déposant attentivement une bûche qu'il piocha au pied du poêle, d'une main sûre. Puis il refit le retour du bar de l'estaminet, pendant que le foyer ronronnait de cette nouvelle bombance, comme un félin sous la caresse chaleureuse de sa maîtresse.

Les deux étrangers s'étaient attablés sous le recoin d'un mur, dont une niche vide les surplombant avait jadis protégé une déité du foyer, aujourd'hui partit en pâmoison en d'autre logis où la nouvelle maîtresse lui affirme une ferveur novatrice. Le ragoût semblait insipide, bien que relevé par des herbes et quelques épices révolues, mais il possédait un pouvoir énergétique à ne pas négliger en cette époque de l'année. La cervoise ne semblait pas mieux lotie, un goût dont l'amertume l'emportait sur des notes aromatiques bien peu exprimées ; la politique du brasseur se positionnant surtout sur la quantité, que sur la qualité de ce produit apprécié pour protéger ses intestins mis à rude épreuve, en ces régions souvent inhospitalières.

Si Abhcan ne disposait pas d'une toise impressionnante, il en demeurait au moins que son coup de couteau, lui, en était. Il enfournait le plat comme un charognard trop longtemps privé d'une manne salutaire pour sa subsistance. Jamais, au grand damne de Padarec, il n'avait vu d'homme avaler son plat avec autant de voracité, sauf en cas de disette ou de guerre. Pourtant notre chevalier en avait parcouru des lieues, chevauchant par monts et par vaux en des contrées que seul un serpent ou un renard des sables peut subsister en ces comtés où nulle âme y vit.

Padarec venait de terminer son plat et s'apprêtait à dénicher l'atlas qu'il emportait en tout temps et en tout lieu afin de se rendre compte du trajet. Il sourit devant l'appétit glouton de son ami.

— Méfie-toi, Abhcan ! Si tu dévores bien plus que tu terrasses l'ennemi, alors c'est toi qui devras verser des émoluments à la trésorerie royale…

Abhcan releva sa tête, la bouche encombrée des mets qu'il engloutissait comme un ogre.

— Mouais… Manquerait plus que ça, tandis que je me plie en quatre comme un serviteur devant son maître, pour satisfaire votre seigneurie alors que j'ai délaissé mon pays où je suis le plus heureux des hommes !

— Ah ! Ah ! Ah ! Votre *seigneurie* vous dit de ne pas vous étouffer en avalant votre repas, et de bien ouvrir vos esgourdes car je vais vous faire une leçon de géographie…

Il poussa le plat de ragoût et déplaça le pichet de bière sur le côté, puis déplia la carte sur la majeure partie de la table, dévorant l'emplacement du tranchoir où demeurait le restant de festin de Abhcan levant un œil noir en direction de ce qui s'apparentait à une violation de territoire.

Il glissa sa paume calleuse sur l'ensemble de l'atlas, dont le papier déchiré et plissé en quelques endroits prouvait d'un âge révolu où il coûtait le montant d'un destrier. Le temps avait effacé quelques hectares de terre dessinés d'une main experte ; sûrement un maître géographe, dont la teneur de ce document avait été demandée par un illustre négociant, dont l'âpreté aux gains égalait les sommes engrangées durant les années fastes.

Abhcan s'essuya la bouche d'un revers de main, puis avala une goulée de cervoise, manifestant une libération de contentement par un rot dont la bienséance lui était inconnue des gens de bonne maison.

— As-tu déjà examiné une carte ?

Abhcan haussa des sourcils, montrant un intérêt infime pour cet art de la cartographie, dont rien qu'au nom qu'il dévoilait lui suffisait à prendre ses jambes à son cou…

Padarec promena son doigt sur une partie de la carte, faisant un cercle de son doigt trapu sur une zone localisée représentant Páirceanna Cloiche.

— En ce moment nous sommes ici, puis il longea d'une phalange adroite la route conduisant vers un autre comté, bifurquant soudainement à la frontière du secteur attenant à celui où ils transitent. Nous traverserons le comté de Dair Briste, afin d'accéder au bourg de Ceithre Bhóthar, d'où nous trouverons de quoi nous loger, puis le surlendemain nous entamerons les contreforts de Cré Dóite…

— Par le dieu Dagda ! coupa Abhcan d'un ton virulent. Pourquoi traverser cette maudite contrée, alors qu'il faille franchir tout simplement celui de Lochán Cloiche ? décocha-t-il d'un air agacé.

— En cette saison la contrée de Lochán Cloiche reste difficilement praticable : les tourbières sont gorgées d'eau et les routes sont fréquemment inondées par des pluies diluviennes. De plus, le comté est en proie à de virulents conflits internes entre ethnies ; j'ai d'autres soucis en tête que de me confronter à un différend entre les tribus que peu d'hommes sensés, par ailleurs, s'évertuent à éviter par ces temps qui courent…

— Nous tomberons dans un guêpier de trolls, que même ma défunte mère ne pourra signaler leur présence, elle qui m'affirmait qu'un troll est bien plus espiègle qu'un marchand de tapis.

— Tu ne vas pas te laisser retourner par une bande de lutins, sortie de leur terrier dès qu'un humain passe devant leurs gîtes. De toute façon le comté de Dair Briste est notre seule issue. En quittant ce lieu, nous allons nous mettre en quête de victuailles afin de voyager la panse sereine et l'esprit tranquille, puis nous chercherons un tailleur pour te vêtir et un ferronnier pour déjouer les brigands que nous risquons de croiser, car en aucun cas tu devras utiliser ton arme pour l'art de la guerre dont tu n'as que peu de maîtrise, sauf si le danger émane en nombre et que notre chance tourne court… En ce cas-là, tu devras affronter ta destinée.

— Alors que ferai-je, lorsque nous atteindrons les flancs du mont Claw Fola ?

— Tu m'assisteras comme écuyer. Et tu devras prendre soin de mes armes et de mon destrier, et si par malheur je venais à rejoindre le Mag Mell, me reposant en ce lieu paradisiaque peuplé de héros, alors tu seras l'heureux bénéficiaire de mon cheval et de mes affaires, que tu porteras au faîte de la gloire en t'imprégnant des valeurs nobles de la chevalerie…

*

La lame encore rougeoyante plongea dans un grand bain d'eau froide, dégageant un nuage de vapeur montant vers le faîtage de la ferronnerie ; l'homme se retourna enfin, les traits rubiconds, apercevant les deux étrangers pénétrant le seuil de la bâtisse dont les cendres recouvraient les parois d'une suie d'obsidienne. Il redéposa ensuite la lame d'acier sur la cheminée, afin de porter la pièce à haute température pour en façonner une lame à double tranchant à coups de marteau, sous l'assaut puissant de ses muscles, puis reprit le chemin de la cuve où il replongea la future lame d'épée, qu'un chevalier ou un bourgeois s'était empressé à lui commander. Il avisa les deux hommes de s'avancer d'une inclinaison de la tête, dont la sueur perlait à grosses gouttes et sourdait comme un ruisseau déchaîné dévalant un à-pic. Padarec et Abhcan cheminèrent jusqu'au forgeron, pendant que le ferronnier était à son labeur, muscles bandés tel un Taranis s'acharnant de son maillet à refouler des adversaires à la hauteur de son rang. Le bruit assourdissant et la chaleur du foyer ressemblaient à l'antre d'un dragon, que peu d'hommes avisés ne se risqueraient à violer.

Il posa son maillet et la lame près de la forge, épongea sa face brûlante et moite d'un coup de chiffon et s'en alla s'abreuver goulûment dans un seau d'eau, qu'il souleva comme un géant. Puis il revint vers eux en claudiquant, tant la douleur sourdait de l'un de ses pieds qu'il se saisit d'une main une canne appuyée contre le mur.

— Que me vaut la présence de ces messieurs ? demanda-t-il tout en s'essuyant les mains maculées d'une souillure métallifère à même le chiffon servant aussi à s'éponger le front.

— Nous voulons une épée d'environ trois à quatre empans, si possible en fer de la Tène, avec un point d'équilibre au plus près de la garde… C'est pour mon écuyer, dit-il en montrant Abhcan.

— En fer de la Tène vous coûteriez fort cher, Seigneur… Il faut compter une douzaine de sous, et encore je suis en deçà du prix pratiqué dans la région, assura-t-il d'un air convaincu.

Il se déplaça difficilement vers un râtelier – le son mat de sa canne se répercutant au sein de la forge –, où y était suspendue une enfilade d'épées de toutes tailles aux différentes montures de pommeaux.

Il décrocha la troisième, dont rien qu'à la vue de la lame on voyait qu'elle était de bonne facture, puis la présenta à Padarec.

— Le métal provient d'une carrière de la Clyde, expliqua-t-il pendant que Padarec l'explorait d'une main sûre, du pommeau jusqu'à la pointe.

Padarec souleva l'arme et fit une série de mouvements d'attaques et des parades afin d'en apprécier toutes ses qualités et ses défauts… Puis d'un coup d'estoc impressionnant, la pointe de la lame s'arrêta subitement à un doigt du torse de Abhcan, courbant son échine en arrière sous l'action inattendue du chevalier ; sous son regard déconternancé et ses yeux globuleux, il montra à quel point il tressaillit de frayeur. Padarec retourna l'arme et lui présenta le pommeau.

— Montre-moi de quoi tu es forgé ! fit-il d'un sourire espiègle.

Abhcan empoigna le pommeau d'une main maladroite, esquissant des mouvements hésitants dans l'aire de la pièce, ne maîtrisant à aucun instant les techniques d'escrime de la chevalerie. Il effectua des moulinets au jugé puis entama une garde haute, élevant son arme prête à tailler en pièces l'adversaire fantôme. Padarec vint se placer contre son échine et lui bloqua la parade, empoignant les deux mains de Abhcan, accrochées comme les serres de l'aigle mythique gwernabwy sur le pommeau.

— Merci, Abhcan, dit-il en lui prenant l'épée des mains. Mais vois-tu, cette épée doit être tenue d'une seule main ! Nous avons de l'ouvrage à abattre, dit-il d'un air désespéré…

Il revint vers le maître forgeron, lui tenant un discours dont Abhcan n'en saisissait pas les subtilités techniques d'une confrérie qu'il méconnaissait.

Padarec finit par conclure le marché, tant celui-ci avait pris du temps à ce que le vendeur et l'acquéreur envisagent un prix approuvable d'un commun accord.

*

Le marché de plein vent arrivait à son terme, les badauds et chalands reprenant leur chemin en direction de leur chaume.

Padarec et Abhcan se dirigèrent vers l'étal d'un charcutier, acquérant quelques pièces de viande séchée pour le trajet, puis ils cheminèrent vers l'étal d'un fripier. Abhcan s'en donna à cœur joie de trouver des vêtements chauds pour se vêtir : une tunique de laine, une pèlerine, une paire de chausses et deux brodequins firent l'affaire, pendant que Padarec s'esclaffait devant les pitreries de son nouvel écuyer, tout en joie de s'immerger dans son nouvel univers.

Ils retournèrent vers l'écurie, sous un ciel d'un gris cendré. Un vent d'est se leva, froid et humide, apportant ses remugles acides issus du comté de Lochán Cloiche ; sous les bourrasques, les bannes des étals gonflaient comme des voiles soumises aux caprices de puissants courants aériens. Padarec portait son attention sur le choix d'un cheval, destiné à son écuyer, évoluant autour de l'équidé comme un maquignon en quête de la plus belle bête.

Le palefrenier ne tarissait pas d'éloges pour exalter les qualités anatomiques du piteux animal, ce qui n'était visiblement pas le cas pour Padarec diffusant une mine déconfite devant l'état déplorable du spécimen équin.

— Vous avez fait le bon choix, Seigneur. Il possède une robe lustrée et la pupille est vive, un animal plein d'entrain qui a fait le bonheur d'un fier bourgeois décidant sur le tard de s'en séparer, hélas pour des raisons pécuniaires.

Padarec inspecta le cheval, observant sa dentition, les globes oculaires, le chanfrein et les oreilles, caressa ses flancs, prospecta des défauts anatomiques au niveau de l'ossature, puis se rendit jusqu'à la croupe en se plaçant dans l'axe du dos.

— Je n'en dirai pas temps vu l'abondance de séquelles que cet animal endure depuis des lustres, décocha-t-il d'un ton vexant. Il refit le tour de la noble conquête de l'homme… et s'arrêta sur l'un des flancs. Ton cheval a le dos ensellé, cela se remarque à la courbure prononcée au niveau des reins. Il souleva la jambe postérieure tout en le caressant, afin d'apaiser ses craintes. De plus le paturon est relativement long… et inspecta l'articulation du boulet, pendant que le palefrenier ressentit un léger malaise l'envahir comme une horde de corbeaux à la vue de cadavres gisant sur un champ de bataille. Il tâta le bourrelet de la jambe. Et le paturon est tout bonnement engorgé, probablement suite à une entorse… fit-il d'un ton convaincu.

Fin comédien, le palefrenier se remit aussi vite dans son bain, révélant à ce vil chaland, qu'il dispose encore de l'art rhétoricien…

— Ah ! Je vous vois bien là, noble seigneur. Vous vous aventurez à trouver nombres prétextes à tromperie sur la marchandise, afin d'abaisser le *coût* du marché !

Padarec reposa la jambe du cheval puis achoppa le torse de l'artisan, d'une conduite plutôt agressive.

— Ne me prends pas pour le premier des nigauds, dit-il d'un ton ombrageux. Je sais reconnaître n'importe quel canasson rien qu'en le regardant parader. Ton cheval est tout juste une haquenée destinée à être montée par une dame de la cour !

Abhcan regardait cette saynète d'un regard amusé, jaugeant la maîtrise émotionnelle de l'énigmatique chevalier.

Il entreprit de se rendre vers le second coursier, placé dans sa stalle, la bouche plongée dans sa botte de foin. Puis il l'inspecta comme le premier, le tâtant, l'auscultant sous toutes les coutures.

— Et qu'en est-il de celui-ci ? tout en jetant un œil aux mâchoires du roncin.

Le palefrenier semblait gêné par la question de Padarec. Il haussa les épaules, d'un air consterné.

— Ce cheval est la pire monture que j'aie eue à panser ; l'étriller, le ferrer ou le seller est un vrai calvaire, lui annonça-t-il d'un air défait.

— Il ne me semble pas si sauvage que tu le dis, commenta Padarec tout en lui caressant le chanfrein. Qui est donc le maître de ce roncin ?

— Le propriétaire me l'a laissé, en dû de retards de

paiement. J'aurais mieux fait de lui proposer de venir curer l'écurie en guise de compensation, plutôt que de garder ce roncin me coûtant le prix d'un bourricot. Car c'est tout ce qu'il vaut, tant j'ai du mal à m'en séparer.

Padarec prit l'animal par le licol et le sortit de la stalle, sous le regard amusé de Abhcan, observant l'athlétique chevalier extraire le roncin de son box – il avait fière allure, le noble seigneur tirant une carogne à débourrer sur la place emplie de crottins ! Padarec décocha un regard globuleux vers son écuyer.

— Au lieu de te foutre de ma gueule, amène-moi la selle de ton bidet que je l'accroche sur celui-ci…

Sur le parvis de l'écurie fantoche, le mercenaire se servit d'une longe permettant d'orbiter le cheval, tout en lui parlant avec douceur et fermeté dans le ton de sa voix ; il entreprit de le faire évoluer au pas, puis après un certain temps il joua sur la cadence au fil de ses envies, afin qu'il s'apprivoise à ses paroles et à ses ordres… Une heure passa, puis Padarec grimpa sur la monture, ce dernier lorgnant d'un sale œil ce nouveau maître qu'il fallait absolument éjecter à grands coups de ruades. L'animal gravitait comme une bourrique dans l'espace confiné, dont la rangée de maisons la clôturait comme une arène dédiée à des bateleurs et des jongleurs, habitués à ce genre d'exercice fort peu salutaire pour le commun des mortels. Les badauds accoururent, comme une nuée de mouches attirée par l'odeur aguichante d'un tas de crottin ; les plus jeunes se perchaient sur quelques surélévations de tuf afin de profiter du spectacle, pendant que les anciens s'installaient sur des marches biscornues, dont les colimaçons procuraient suffisamment de points de vue appréciables pour jouir de cette attraction fortuite. Le froid était vif, mais n'empêchait nullement notre public d'embrasser ce divertissement impromptu, qu'il faut bien le dire, attire les foules…

La stature noble, la mine fière, le cavalier guidait des rênes sa monture comme bon lui semble, que seul un fou aurait, au demeurant, accepté de revêtir les attributs de dresseur en des circonstances similaires. Abhcan regardait fièrement son nouveau maître, empli d'une allégresse non contenue ; il dansa devant le seuil de l'écurie, d'où émergeait l'ombre du palefrenier, la mine austère et le regard méprisant face à ce divertissement qu'il fit mine d'ignorer d'une insolente aigreur. Padarec se rapprocha de Abhcan.

— Voyons ce que tu as dans le ventre, lui dit-il en descendant de sa monture et en lui présentant la longe, que Abhcan regardait d'un mauvais œil. Après tout, ce canasson est destiné à y déposer le fond de tes braies…

Armé d'une volition à faire esclaffer un preux chevalier, Abhcan glissa un pied sur l'étrier et grimpa sur le roncin, posant délicatement son postérieur sur la selle, puis s'attela à attraper fermement les rênes, qu'il aurait fallu une paire de griffes afin de mener à bien de les lui arracher. Il ne fallut pas une minute de plus pour raviver le caractère bilieux de la bête démarrant au quart de tour et s'emballant, puis menant grand train de vie à son cavalier, qu'il avait la gorge nouée et le regard apeuré devant cette mésaventure dont l'issue ne pouvait que se conclure sur les pavés. Les gens s'esclaffaient, cette saynète leur apportant un brin d'euphorie en cet âge si sombre, qu'ils en oubliaient les rigueurs du temps, pelotonnés dans leur cotte de lin élimée par les travaux des champs.

Il fallut toute la détermination de Padarec pour recouvrer la maîtrise de la monture, agrippant d'un geste vif la courroie, qu'il n'en nécessita pour Abhcan d'en descendre, comme un homme détalant du domicile familial de sa maîtresse, à l'émergence soudaine du mari trompé.

Padarec desserra le lien de sa bourse, et versa le prix d'une mule au palefrenier, ce dernier le regardant d'un sale œil tant il se sentit offensé par la somme dérisoire…

— Comme tu l'as si bien dit : ce roncin n'a de valeur que le prix d'un mulet, lui dit-il en termes de contrat.

Après quelques situations cocasses, notre écuyer parvint à maîtriser le roncin ployant sous la fatigue et le joug de son nouveau maître.

Le ciel s'ombragea d'un lourd manteau nuageux recouvrant les terres du Rhyarnon d'une aile sombre sortant d'Outre-tombe. Des oiseaux de proie dansaient sur les courants aériens, profitant d'une importune dépression atmosphérique pour gober l'infortunée bestiole, prise dans ce maelstrom venteux.

Le regard de Padarec recouvra l'horizontalité du paysage, observant la plaine qui s'étendait devant son ombre, comme une invitation au voyage. Il jeta un regard franc vers son écuyer, tous les deux apprêtés pour ce long périple vers les terres austères du dieu Arawn, d'où la Communauté du Fianna se préparait à dresser le siège…

CHAPITRE QUATRE

Au fil de cette odyssée, les frondaisons de chênes se révélaient moins denses, permettant de contempler un paysage plus lunaire, dépouillé, s'étalant comme un drapé de roches et de terre d'ocre longeant une piste sinueuse et accidentée, sculptée par les hommes, les animaux et les pluies diluviennes creusant des ravines par leur nature propre à éroder le terrain. Enchâssés entre ce mince ruban tortueux, de gros blocs calcaires s'étiraient vers un ciel ardoisé, pointant leur cime en direction des nuées filant vers leur destin tourmenté, en longues écharpes évanescentes. Les chevaux abordaient souvent des déclivités, nécessitant d'ouvrir un œil perspicace afin d'éviter qu'un fâcheux incident vienne compromettre cette aventure, que maints chevaliers du Fianna aspiraient à mener jusqu'à son terme, quitte à rejoindre le Sidh, l'autre monde permettant un éternel repos salvateur. Des tourbillons venteux s'invitaient dans ce dédale rocheux, s'engouffrant dans la moindre anfractuosité minérale, d'où lézards et rongeurs se cloîtraient, guettant l'instant propice d'une accalmie pour sortir leur museau de leur sinistre tanière.

L'ombre du chevalier s'étirait comme des lambeaux de filets sépia glissant sur le relief accidenté de la piste, telle l'ombre du terrible Arawn, dont paraît-il que la moindre chausse du simple mortel osant l'effleurer, s'y engloutissait en d'atroces souffrances. Il se tourna vers son écuyer dodelinant de la tête suite à une journée qui fut des plus trépidantes ; Padarec sourit, âme de compassion dont assurément des manuscrits encenseront ses exploits passés, décorés d'enluminures peintes de la main fébrile d'un vieux druide, calfeutré dans sa masure à l'abri du regard importun du simple bigot.

Il ralentit le pas et se joignit à celui de son cheval, le clapotis des sabots se mêlant à la mélodie gutturale du vent.

— Nous venons de pénétrer sur le comté de Dair Briste. Bientôt nous atteindrons la forêt de Guthanna Muffled… Il lui présenta sa gourde. Bois ! Un guerrier déshydraté est un homme mort.

Le vent s'engouffra sous la cape du mercenaire ; le manteau s'y révélait, élimé par l'abrasion du temps et des affres de combats qu'un homme de cette envergure se gardait d'en divulguer les hauts faits, car les horreurs de la guerre rendaient les guerriers aphones à l'histoire de leurs joutes belliqueuses, qu'ils bravaient durant une partie de l'année. Dans la danse du vent, des feuilles de chêne parvinrent jusqu'à eux, flottant dans les airs comme des navires en péril, car l'automne s'avançait rude. Au détour d'un bloc rocheux, ils aperçurent les premiers bouquets d'arbres au creux d'une vallée encaissée, accrochés sur le drapé du terrain vallonné d'où quelques buissons s'engraissaient à la faveur d'une rivière dessinant ses méandres d'un bleu acier. Le ruisseau embrassait sur ses rives des saules pleureurs, fouettés par les gémissements d'un vent fantasque. Soudain un cri perçant éveilla les deux voyageurs, plongés dans une nébuleuse apathie : au-dessus de leur tête, un corvidé à bec rouge lançait son appel strident sur les courants ascendants, ses rémiges déployées suggérant de grandes griffes élaguant les couches d'air, afin de combattre les éléments atmosphériques. L'oiseau orbita au-dessus d'eux en des spires de plus en plus évasées, puis il fusa à grands coups d'ailes en direction de la forêt de Guthanna Muffled, son corps affrontant les coups de boutoir des bourrasques…

— L'esprit du dieu Bran ! lança Abhcan d'une voix craintive.

— Ce n'est tout bonnement qu'un corvidé, à l'affût du moindre prédateur osant perturber sa nichée. Laisse le dieu des enfers emplir l'esprit d'un marmot de sombres cauchemars, son nez poisseux encore imbibé du lait de sa mère.

Ils pénétrèrent le sous-bois, sous le bruissement austère de grands caducs et de gigantesques ifs effleurant les nuages de leur cime effilée…

*

La piste s'étant étrécie, ils durent se placer l'un derrière l'autre longeant l'enfilade d'arbres caducs, dont la futaie s'éclaircissait au fil d'un automne venteux hâtant les prémices d'un hiver s'annonçant vigoureux. Le cliquetis des armes d'hast et le clapotis des sabots se mêlaient dans un tempo insolite, perturbant le bruissement diffus du vent dans la frondaison, en une rythmique à faire décamper quelques campagnols, apeurés par l'avancée imprévisible de cette étrange compagnie. Les rayons solaires effleuraient la futaie et se scindaient en diverses fractions lumineuses, apportant une touche mystique en cette forêt que nombre d'individus n'osaient s'aventurer, tant elle portait la crainte de tomber sous de féroces rencontres ; car ce bois avait mauvaise réputation parmi la populace de la région.

Après quelque temps, ils abordèrent une modeste clairière, sous le halo d'un soleil cramoisi allant vers son couchant : le disque de l'astre frôlait de hautes cimes dégarnies des grands arbres, dont fourmillait une colonie de corvidés se querellant quelques maigres agapes, gagnées à la faveur d'une rencontre opportune. La terre était spongieuse, fraîchement labourée par des sabots ; ils s'approchèrent de ce qui semblait être l'arène d'un combat entre cervidés, dont les restes brisés de quelques fourches parsemaient les alentours, un trophée que le plus fort avait arraché après un âpre combat. Le ruisseau traversait la trouée végétale, s'y étendant et serpentant entre quelques massifs buissonneux où se terrait toute une faune venant s'y abreuver à souhait ; le chant clair de cette modeste lame aquifère offrait ses litanies à la clairière, que peu d'hommes osaient braver hormis quelques augustes chevaliers, ignobles maraudeurs et vils truands prenant le soin de garantir leur sécurité par d'ultimes recommandations sortant de la bouche d'un sorcier ou d'un druide, après avoir versé une copieuse bourse d'écus à l'une ou l'autre corporation.

Plaqué contre son échine, le pommeau de l'épée de Padarec s'empourprait des ultimes rais solaires se fractionnant entre la frondaison des chênes, dont les rafales s'y engouffraient, ployant ses fiers émissaires du dieu Taranis.

— Nous allons faire reposer les chevaux, annonça Padarec. Puis nous reprendrons la route. Le bourg de Ceithre Bhóthar ne se trouve qu'à trois à quatre lieues de cette garenne…

Ils mirent pieds à terre, et laissèrent les chevaux étancher leur soif près d'un méandre de la rivière, dont quelques grenouilles décampèrent à la vue des énormes équidés. Abhcan se défoula, faisant quelques enjambées autour de la modeste trouée, dont le bruissement des bosquets affirmait sa présence et rendait l'esprit de l'écuyer méfiant, le regard angoissé par cette sournoise déchirure végétale.

Padarec extrait son arme du fourreau, accroché par des lacets autour de son large torse ; il se mit en garde puis hissa son arme au-dessus de sa tête. Il attaqua sur des coups de taille et d'estoc, rivalisant d'adresse en simulant un affrontement qu'il devait répondre par de fines parades… Le chevalier se déplaçait en effectuant des voltes, des contre-voltes et des passes, édifiant une chorégraphie martiale qu'il détenait par nombre d'heures d'entraînement. Par instants, la lame accrochait quelques festons de rais solaires scintillant sous le feu purpurin allant vers son couchant, sous les regards interrogateurs des corvidés tournoyant en de larges cercles, comme un diadème d'ébène flottant dans les airs. Il effectua d'ultimes moulinets, taillant d'estocs et de fentes son adversaire imaginaire pendant que Abhcan, les yeux grands ouverts, savourait cette démonstration de force et d'adresse, ayant pour lui seul le privilège de cette scénographie, qu'il ne pouvait en connaître la qualité et la force que par la grâce d'une étrange et fortuite rencontre.

Il releva son bras d'un geste preste et fit glisser l'épée dans son fourreau, dont le frottement de la lame apportait son timbre félin tout en s'y coulant. Padarec retrouva Abhcan sagement installé sur un rocher, arrimé près du cours du ruisseau au chant cristallin.

— À aucun instant de ma vie, je n'ai eu le privilège d'assister à un entraînement de cette envergure…, l'esprit encore ébloui par le flamboiement du spectacle.

— Tout cela n'est que le bréviaire servant à mesurer son adresse au fil des jours. Des heures à perfectionner ses parades, afin qu'advienne l'instant fatal où l'on doit croiser le fer…

— Mais, quel est donc ce maître qui t'a donc initié à cet art noble de l'épéisme ?

Padarec dressa la tête vers les cieux, le regard plongeant dans le vaste éther de la déesse Dana.

— Un maître d'arme, que j'ai eu le privilège de servir en tant qu'écuyer ; des décennies à étudier, de l'aube au crépuscule… Et quelles qu'en soient l'apathie ou les intempéries que l'on endure.

— Ensuite, n'as-tu pas songé à intégrer l'ost d'un seigneur ?

L'esprit troublé par des images sombres du passé, Padarec tourna sa mine fatiguée en direction du jeune Abhcan.

— Pas en ce temps-là ; j'avais une mission à accomplir…

— Laquelle ? émit laconiquement Abhcan.

— Retrouver l'assassin de mon seigneur, et le passer par le fil de l'épée…

Le croassement des corvidés brisa un silence pesant qui s'éternisait ; la lumière rasante culbuta l'humeur chagrine de Padarec, prêt à reprendre la route vers la prochaine étape avant d'aborder les escarpements maléfiques des contreforts du Cré Dóite.

— Et l'as-tu trouvé et passé par le fil de ton épée ?

Le chevalier ne répondit pas.

Un froissement parvint jusqu'à ses oreilles, car son ouïe détenait une finesse que peu d'hommes en disposaient – d'un bond sec il se releva, accomplit un volte et fit surgir de son gîte de cuir la « Foudroyante », l'épée de tous ses combats…

Une ombre se mouvait d'un buisson, s'y glissant comme un serpent insidieux et y saillit aux dernières lueurs d'un soleil s'immergeant derrière la frondaison.

— Est-ce ainsi que vous vous présentez, Seigneur ? Prêt à commettre l'irréparable sur le corps décrépit d'une vieille femme, au terme d'une vie misérable…

CHAPITRE CINQ

La « Foudroyante » restait figée au-dessus de Padarec, réfractant les dernières lueurs diaphanes du phare céleste regagnant l'Outre-tombe. Il fut décontenancé à la vue de la silhouette recroquevillée par l'âge et les rhumatismes émergeant du sous-bois comme une femme damnée.

— Es-tu aussi sénile pour ainsi jaillir de la futaie sans auparavant annoncer ta venue ?

— Mon âge a fort connu tant de mésaventures qu'il ne craint ni les affres du froid ni la folie des hommes… mais toi, qu'en feras-tu de ton âme lorsqu'il affrontera la justice du Sidh ? dit-elle en pointant un doigt étriqué et arthritique vers le torse du mercenaire.

Il rabaissa son épée et la replaça dans le fourreau, puis invita la vieille à s'approcher d'eux. Il lui présenta Abhcan prenant soin de frotter les destriers d'une brosse en crin, tout en jetant un œil stupéfait à cette imprévue rencontre.

— Voici donc l'homme dont tu devras t'acquitter de ta dette… fit-elle d'un ton sec.

Il la regarda d'œil intrigué, renvoyant ce verbiage sur le compte de la sénilité.

— Où donc par une heure pareille dirigez-vous vos destriers pour ainsi affronter cette sombre forêt ?

— Vers le bourg de Ceithre Bhóthar, Madame, annonça Abhcan.

Elle s'approcha du jeune homme, dont sa chevelure

broussailleuse rehaussait son visage jovial d'une tiare d'un noir de corbeau, et le décoiffa d'une main leste qu'il ne s'attendait pas à cette attention taquine. Le regard de la vieille brillait d'une puissance phénoménale, et pourtant ce n'étaient que deux agates d'un noir de tourmaline vibrant sous l'aura de son visage blême et fripé.

— Tu as l'esprit d'un jeune enfant, mais l'âme d'un héros. Même si tu dois affronter tes peurs.

Il lui sourit, laissant paraître une bouche édentée, dont l'émail s'écaillait par trop d'abus de cervoise.

— Vous me faites penser à ma mère, dit-il gaiement.

— Femme, que fais-tu en cette heure et en cet endroit retiré du monde ? demanda Padarec d'un ton courtois.

— Oh, oh, oh ! j'habite à quelques pas de là, dit-elle d'un ton guilleret, tout en dressant son bras décharné et tremblant vers la contrée en question, dont rien ne laissait présumer une quelconque piste menant à sa hutte.

Elle se retourna et regarda d'un air malicieux le chevalier les pieds arrimés comme un chêne titanesque.

— La nuit va bientôt tomber, pourquoi ne viendrez-vous pas en ma modeste demeure ? Mon logis sera le vôtre, le temps d'une nuit.

— Merci. Tu es comme une mère ne laissant pas ses enfants loin de son gîte, sans prendre d'infimes précautions qu'ils ne leur arrivent aucune embûche durant le trajet, commenta Padarec, mais le prochain bourg n'est qu'à trois lieues d'ici. Il serait malvenu de sous-estimer la valeur de nos montures et profiter d'un logis qu'une vieille femme a tant de mal à gérer vu son grand âge…

À cet instant précis, le roncin de Abhcan détala comme une furie devant le sifflement d'un serpent, caché entre les racines turgescentes d'un buisson.

La vieille s'esclaffa en voyant Abhcan courir après sa monture, dont l'esquive précipitée du cheval provoqua le brinquebalement des ustensiles de voyage, comme lors d'un tremblement de terre.

— Ha ! je pense que si en ce lieu il y a bien quelqu'un ayant du mal à gérer sa vie, ce n'est sûrement pas moi…, affirma-t-elle d'un sourire mutin.

*

Les tisons du miséreux chaudron émettaient leur chancelante lueur incandescente ; Abhcan déposa une bûche au sein du foyer, prenant soin d'oxygéner la vasque en écartant les débris de bois déjà calcinés, pendant que Padarec se mit à l'aise, déposant la « Foudroyante » dans le nid douillet de son mantel, puis s'installa en tailleur près de l'entrée. La vieille préparait le brouet et manifestait un fort mécontentement parce que Abhcan avait décidé de l'assister dans la préparation du repas ; des ustensiles de cuisine étaient suspendus contre le mur en torchis, et un tapis sommaire servait de coin de repas. Elle partit les mains pleines de mets en direction du chaudron ; Abhcan s'écarta en la voyant poindre avec son pot de terre débordant de portions de porc et empli de quelques légumineuses triées sur le volet. Elle posa le pot dans le chaudron fumant, puis retourna chercher une cruche d'eau qu'elle versa jusqu'à ras bord ; quelques escarbilles étincelèrent sous l'agression de gouttes d'eau s'échappant du contenant. Puis elle rapprocha les brandons contre le récipient afin qu'il bouille à leur contact.

Racornie comme une sorcière centenaire, elle tourna la tête en direction de Abhcan, et lui sourit d'une bouche pratiquement édentée.

— Mère, vous vivez toute seule ? demanda-t-il tout en s'écartant afin de remettre quelques brindilles en surplus le long du mur.

— Oui, fils. Acceptes-tu que je t'appelle « fils » ?
— Je ne vois aucune raison de vous la refuser.

Elle en profita pour jeter un œil discret vers Padarec, la tête inclinée et le regard dirigé vers son poignard l'affilant d'une ardeur blasée, sans mot dire.

En remuant le brouet, une pointe de son fichu vint malencontreusement rencontrer les flammèches du chaudron. Le châle s'enflamma aussitôt. Elle se mit à hurler, lâchant le bâton et se mettant à tourner comme une toupie folle, ne sachant comment éteindre la flammèche qui s'étendait au fil de la combustion de l'écharpe. Aux hurlements de terreur de la vieille, Padarec se releva brusquement et entoura la pauvre femme de sa cape, afin d'éteindre l'embrasement qui se propageait comme une armée de démons sur les terres du Rhyarnon.

— N'aie crainte, dit-elle d'une voix étouffée, la seule torche qui peut atteindre ce corps desséché ne réside qu'en celle de ton for intérieur. Ne sens-tu pas que ton âme est aussi incandescente que le feu qui couve en cet instant dans ce chaudron, chevalier du FENNID !…, lui dit-elle dans le creux de l'oreille.

Il la reposa délicatement, tout en fronçant des sourcils sur les propos de la vieille.

— Comment sais-tu de quelle compagnie j'honore ? Il ne me semble pas te l'avoir précisé…

Elle s'épousseta la robe de ses mains froissées par l'âge et les rudes labeurs des moissons, puis refit son fichu encore fumant, qui pourtant aurait dû être aussi calciné que les poils d'un verrat passés sous la braise.

— Bien sûr que si, lors de notre rencontre ; ne t'en souviens-tu pas, chevalier ?

Elle se retourna, lui présentant un dos aussi cintré que les contreforts du Cré Dóite, un sourire en coin se dessinant dans l'ombre de son échine voûtée, pendant que Padarec resta figé, interloqué par les commentaires de la femme.

Abhcan s'approcha d'elle, aux petits soins d'une personne d'un âge respectable… Puis ils prirent le souper.

*

Des criquets chantaient à tue-tête la splendeur de mère Nature, pendant qu'une étoile filante érafla la voûte céleste d'une entaille incisive, alors qu'un froid sec succéda aux averses qui s'étaient déversées généreusement sur une partie de la région. Le chant d'un coucou parvint jusqu'aux hôtes de la miséreuse demeure, plus attentifs aux bruits de leur mastication qu'à l'écoute des bruissements de la nature.

Abhcan était aux petits soins, taillant de menus morceaux tant la bouche de son hôtesse était édentée, afin qu'elle jouisse de quelques tranches de lard fumé, qu'il déposa généreusement dans son brouet. Ses prunelles, dont la cataracte embrumait sa vision, réfractaient le halo du foyer en de subtiles flammèches purpurines dansant comme deux feux follets, qu'il fallût par se demander si elles ne séjournaient plutôt dans l'esprit de cette femme, que Padarec dévisageait longuement d'une sournoise vision périphérique.

Il saisit un morceau de porc et de ses mâchoires puissantes tailla dans le vif, puis souleva le broc de cervoise et en avala une goulée ; des filets s'écoulèrent des commissures des lèvres, longeant le col de la tunique puis s'y glissant à l'abri de futiles lichées de cervoise, qu'une catin s'empresserait de laper en y déposant une langue sirupeuse.

Les langues se délièrent, qu'il faille des conjonctures favorables pour mettre en branle toute une rhétorique empreinte des subtilités du langage, où l'on en vient aux motifs sérieux de ce long périple :

— Fils, dit-elle en regardant Abhcan d'une voix enrobée de chaleur, as-tu bien pris conscience de la démarche en laquelle tu engages ton destin ? Car il sera vraisemblablement gravé sur la pierre noire de ta dernière demeure…

La bouchée faillit l'étouffer, Abhcan déglutit la portion en jetant un œil d'effroi vers la fragile silhouette arthritique, dont le faciès érodé par une carence en protéines laissait poindre un menton de rebouteuse.

Le chevalier jeta un regard glacé vers l'image sombre de son amphitryon, où les lames rougeoyantes du foyer se découpaient sur sa poitrine chiffonnée, rongée par l'âge et un ascétisme contraint.

Il sauta sur ce commentaire avant que son valet en vienne à commettre une bévue :

— Que de l'audace ! s'exclama-t-il d'un ton puissant. Abhcan a engagé son consentement dans cette quête qu'aucune des deux parties ne peut abroger, seule la mort possédant l'autorité pour la rompre…, lança-t-il froidement en dirigeant son regard vers Abhcan. Il a donc pris les décisions en la matière, celles qui lui semblaient équitables et que personne ne peut soustraire à moins de me passer sur le corps… !

Une chape de plomb tomba sur la modeste masure, qu'il faille recourir à tous les stratagèmes d'un orateur pour la briser par d'augustes oraisons. La vieille plongea le nez dans son écuelle, prenant soin de finir méticuleusement son repas sans qu'aucune ombre vienne l'affecter, puis se redressa de son séant et se retira de sa place (le tout plongé dans un silence monacal), les mains encombrées des restants du repas. Elle longea Padarec – plantant sa silhouette famélique devant le chevalier, tout à son aise en finissant son plat, l'esprit reposé et la figure plongée dans son brouet.

— Cette campagne n'est pas celle que tu dois conduire, chevalier du Fianna !

Tout juste après sa causerie, elle se remit en branle et se dirigea vers le seau d'eau, y immergea son écuelle et se mit à l'astiquer d'une manière énergique.

Padarec redressa son buste, son visage d'albâtre incarnant un cœur de pierre.

— Vieille femme. Lorsque les puissances du Sidh parviendront jusqu'en ta pauvre demeure, elles se satisferont de souiller ton entrecuisse et arracher ton cœur pour le dévorer…

Elle se retourna, la pénombre de la bâtisse ne laissant qu'une infime parcelle de ses traits s'immerger dans l'éclat feutré du foyer.

— Ha ! Ma fleur est flétrie depuis si longtemps, que leur queue risque de se briser en l'enfilant…

Abhcan pouffa de rire, au risque de s'étrangler en finissant son repas.

Les bruits de la nuit offraient ses litanies à dame Nature, alors que les trois êtres s'enfonçaient dans la torpeur du sommeil, sous le dôme scintillant de la Voie lactée…

*

Bien avant l'aube, le chant du coucou éveilla ce monde empli de mystères. Les deux hommes s'apprêtèrent afin de mener à bien leur prochaine étape, et remercièrent chaleureusement leur hôtesse, Abhcan entourant la vieille d'un flot d'affections, pendant que Padarec, du haut de son destrier, éprouvait une forte contrariété à ces démonstrations passionnelles qu'il réprouvait lorsqu'un homme donnait son corps et son esprit à la puissance guerrière qui l'habite.

Ils chevauchèrent pendant une lieue avant d'atteindre l'orée de la forêt, les exhalaisons d'une brume formant un écran vaporeux d'un blanc laiteux ; dans ce voile opalin, le parcours prenait une tournure tout autre : le chemin recelait mille dangers si l'on n'avait pas une vigilance soutenue, là où les chevaux pressaient leurs sabots, car les bas-côtés fourmillaient de buissons épineux, d'où l'humidité y suintait et coulait par une froide pleine lune. Padarec releva sa tête, observant entre deux lames de vapeur, l'image d'une grosse lune sournoise onduler à la faveur des courants de convection thermique, son globe blafard semblant le fixer sournoisement.

Quelques lieues plus loin, ils entendirent une charrette couiner de mille maux devant eux, le clapotement de chevaux frapper une terre aussi dure qu'un bâton de châtaigner et leur hennissement se répercutant dans la forêt en longues complaintes, pendant que des longes claquaient entre deux ordres braillards donnés du cocher. Padarec vit le tombereau se dessiner à la faveur de l'aube. Tout le monde s'arrêta sur une portion de la voie devenue légèrement plus élargie qu'à l'accoutumée. Le cocher portait une barbe aussi jaunasse que les résidus de brume s'atténuant au fil du temps et à l'arrière, derrière les ridelles, on apercevait trois rudes gaillards s'y agripper, assis à même le plancher la fiasque dans leur main – de valeureux bûcherons.

— Bonjour, chevalier, lança d'une voix caverneuse le charretier. Je vois que vous allez botter le train à cette bande de sauvages… mais la dernière fois que des chevaliers ont arpenté nos terres remonte déjà à deux lunaisons, affirma-t-il d'un ton percutant.

Padarec s'approcha du véhicule, le port altier et le regard fier.

— Mon voyage fut rude et fort épuisant depuis que j'ai quitté mes terres situées en un lointain royaume, qu'il faille plusieurs lunaisons pour parvenir jusqu'en ces lieux, confirma-t-il.

Le cocher jeta un regard vers Abhcan.

— Ha ! je vois que vous avez un écuyer, vous tenant bonne compagnie.

— Son initiation débute, mais je porte toute ma confiance en lui ; il est vaillant et fort intelligent. Un esprit qui est difficile à trouver sur cette terre, en ces temps rudes…

L'homme approuva en hochant la tête.

— Y a-t-il une taverne pouvant nous héberger sur Ceithre Bhóthar ?

— Au centre du village, une sorte de bouge tenue par une tenancière. Une belle ronde mais d'un caractère acariâtre.

— Vous allez à la coupe ?

— Oui, quelques stères à composer avant les premiers frimas…

— En passant devant la hutte de la vieille, vous lui passerez le bonjour, confia Abhcan d'une voix spontanée.

— De quelle personne parles-tu ?

— Ben, de la grand-mère demeurant à quelques pas de la fourche, tout en pointant son doigt en fond de scène, où le chemin serpentait en une large courbe que l'on ne pouvait qu'imager ses dires.

— Tu dois te tromper de bocage, mon pauvre homme. La dernière fois que j'ai trempé mes braies dans une hutte de notre zone forestière, cela remonte au temps où je n'étais qu'un marmot et que j'eusse rencontré une vieille demeurée dont il paraît qu'elle besognait en tant que rebouteuse…

Sur ces ultimes mots un frelon virevoltait dans le coin, s'engageant à troubler la quiétude du roncin de Abhcan ; l'hyménoptère voltigeait en formant des lacets complexes, gravitant au plus près de sa tête. Prit d'effroi la monture décampa, emportant son cavalier et tout l'équipement dans une cavalcade qu'il fallut tout l'effort de Abhcan pour la retenir et l'apaiser…

CHAPITRE SIX

Le bourg n'était pas très engageant, nichant aux abords de la steppe dont le bassin s'étirait lugubrement jusqu'aux premiers contreforts du Cré Dóite. Juste quelques bâtisses en moellon de quoi satisfaire des résidents oublieux de confort et d'un minimum de salubrité, qu'il faille vraiment s'obliger à gîter en cette ancienne bastide, le temps de préparer son excursion vers des éminences bien peu recommandables pour le simple mortel. Ils arrivèrent au pas, s'engageant dans ce que l'on assimilerait la grand-place, faite de terre battue où des nids-de-poule la parsemaient comme des refuges de vipères en attente de proies providentielles. Un vent de ponant s'y engouffrait, tourbillonnant et glacial, apportant des maux de tête qu'il faille l'appui d'un apothicaire pour en estomper ses effets. Un soleil exsangue montait à l'assaut des monts enneigés du Cré Dóite (car le fil de crêtes s'étirait d'est en ouest), tremblotant sous les séquelles des convections thermiques et chevauchant une ligne de crêtes partiellement emmitouflée dans les nuages. Les deux hommes s'arrêtèrent dans ce que l'on pourrait penser à un estaminet, une devanture en pan de bois assez miteuse faisant office d'entrée. La bâtisse était faite de moellons, s'enchâssant entre deux édifices du même type, qu'il faille porter une attention soutenue pour en déceler les délimitations. Ils attachèrent les chevaux à l'anneau fixé sur la façade puis pénétrèrent dans la gargote, Padarec se courbant tant l'accès y était basse. L'établissement semblait vide. Mais la première impression que le chevalier eut du lieu fut de son ambiance obscure : deux lanternes diffusaient leur lueur chétive, et une odeur d'un chaud brouet s'immisçait à celle de la forte teneur alcoolique de la cervoise, restituant une atmosphère encore plus nébuleuse, tant la pénombre trônait comme l'entrée lugubre du Sidh. Ils virent poindre la silhouette d'une grosse femme émergeant d'une autre pièce, sûrement les cuisines. Elle contourna le muret et vint à leur rencontre d'un pas preste.

Elle essuya ses grosses mains sur son tablier maculé des empreintes du futur repas, refit sa coiffure d'un geste rapide et leur causa comme s'ils étaient de fidèles clients de la maison.

— Bien l'bonjour, Messieurs, tout en dévisageant les deux hommes. À ce que je vois, vous n'êtes pas du coin… Si c'est pour casser la croûte, il faudra attendre quelque temps, je viens juste de mettre le brouet sur le feu.

— Nous voudrions aussi prendre l'*ostel* pour une nuitée.

— Cela fera deux sous, déclara-t-elle d'emblée. Les chambres sont à l'étage, et n'oubliez pas de vous déchausser, les bruits tapageurs gênent la clientèle de passage, même si en ce moment nous ne croulons pas sous les affaires.

— Nous voulons placer nos montures bien à l'abri du larcin et des intempéries, ajouta Padarec.

— Pour ce qui est d'une étable, je dispose aussi d'une remise à l'arrière de l'établissement avec du foin et de l'eau à volonté, mais le prix doublera et vous me devez des avances. Tout en tendant un bras charnu vers Padarec.

Il versa les quelques pièces dans le creux de sa main, puis elle les précéda afin de leur montrer leur chambre.

L'endroit était empoussiéré et fort mal tenu, mais pour seule et unique taverne, il fallait s'en accommoder. Il regarda par l'unique fenêtre donnant sur une minuscule cour intérieure ; l'éclat du soleil ne s'y invitait pas encore, et l'on ressentait un froid importun y tenir ministère.

— Cela conviendra, dit-il en guise d'acquiescement.

Abhcan commença à poser les affaires, faisant des allers-retours entre la chambre et les animaux. Puis la maîtresse des lieux fit découvrir une sorte de resserre servant aussi d'étable et d'écurie ; un endroit où l'emboîtement disjoint des voliges provoquait un afflux de courants d'air mais disposant d'un abri en retrait de la bâtisse, le protégeant des intempéries.

*

Des timbres de voix virils s'élevaient à l'assaut de l'escalier en colimaçon, parfois diffus, parfois rugissants comme des félins aux abois présentant leurs crocs dans un ultime affrontement de défaite… D'une impassibilité de conquérant, Padarec descendit les marches grinçantes d'un pas sûr et pesant ; à chacun de ses pas, de fines particules de poussière s'y soulevaient, titillant ses narines d'effluves de moisi d'un bois à l'aspect fongueux, pendant que Abhcan ne semblait pas sous son meilleur jour, suspectant une polyphonie barbare impropre à son humeur mutine de ménestrel. L'intensité lumineuse de la pièce avait été ravivée par un pinceau de lumière rasant, s'immergeant par la minuscule fenêtre. Des volutes de fumée grisâtre montaient à l'assaut du plafond, dont les solives s'assombrissaient au fil des ans par des émanations de cendre et de poussière s'agglutinant aux poutres et sûrement jusqu'aux combles sous forme d'un enduit d'encre. L'espace n'étant pas bien grand, il n'y avait que trois minuscules tables de guingois, dont deux déjà occupés par des clients, sûrement du coin tant leur exaltation verbale n'allait de pair qu'avec cette passion dévorante pour la bonne chère et la boisson.

Lorsque Padarec posa le pied sur le sol de terre battue, les voix se turent, puis les regards convergèrent vers la silhouette haute et imposante de l'inconnu, dont ils comprirent aussitôt la stature de mercenariat qu'il dégageait. Mais quand ils virent le jeune Abhcan poindre son nez, ils se retinrent et rirent sous cap, formulant en silence des quolibets à son sujet. La grosse mère émergea de ses fourneaux les mains encombrées de victuailles, pendant que

Padarec lança un regard glaçant à l'encontre du fretin gourmand.

— Asseyez-vous là ! Je sers ces messieurs et je suis à vous de suite…

Ils prirent leurs aises, devant les échines des trois habitués. Sur l'autre côté, deux hommes avaient pratiquement fini de festoyer, léchant leur tranche de pain du bouillon jaunasse de leur soupe dégoulinant comme un filet de fontaine. Ils se levèrent et prirent congé devant la matrone déposant le pot de bouillon entre les deux tranchoirs.

Le repas se fit en silence, sauf de l'autre bord, plutôt à discutailler de boulot et de mangeaille, en passant par les sujets paillards et les marmots…

— Morte couille ! Cette cervoise est une vinasse, beugla le plus maigre en recrachant la boisson sur le côté. Ho la Bronach ! ton vin a tourné…

Elle revint fort en colère.

— Hé le Gand ! j'te reconnais là : dès qu'il y a du beau monde faut que tu en fasses toute une histoire, de cette cervoise que tu poivrotes à longueur de journée…

Elle souleva la cruche qu'elle avait posée sur leur table et y goutta une lichée.

— Tu t'moques de moi ? Il n'y a rien à redire de cette bière que je fais venir à grands frais depuis la closerie de Tor Mór. Puis elle repartit la mine revêche vers ses cuisines d'un pas rapide.

— En tout cas, la soupe est bien consistante, confirma son voisin, un homme corpulent avec une barbe fleurie en collier, le bouillon y ruisselant comme une pluie de printemps.

— Ouais ! s'exclama celui qui lui faisait face, c'est comme si j'allais trousser une mignonne sur un tas de foin…

— Tu parles, il y a combien de temps que tu n'as pas retourné une pucelle ? lui répondit l'homme dénommé le Gand.

À un certain moment du repas, le plus maigre lâcha le

morceau :

— Hé, dit-il en se penchant vers le plus gros, penses-tu tout comme moi que le plus petit est fait chevalier de la rosette ? tout en pointant son menton en direction de Abhcan, pour lui signifier qu'il était lesbien.

— Ben je pense que, rien qu'à voir ses manières il doit se faire emmancher par le plus costaud, répondit-il d'une voix rauque, s'en prendre garde que Padarec entendît ses propos déplacés.

Et c'est à cet instant-là que les choses s'envenimèrent...

Assoiffé de redorer le blason de la bienséance, Padarec se dressa de son tabouret comme un orage ne s'étant pas fait annoncer et alla d'un pas ample bousculer les trois vauriens... Il souleva le plus maigre comme un fétu de paille vers sa tête, et lui en colla une que le maigrelet se retrouva le nez planté à quelques pas de son siège, pendant que le plus costaud se releva de toute son arrogance, présentant une carrure bien plus rebondie devant le mercenaire émergeant sa bobine d'une tête.

L'homme l'agrippa de ses grosses paluches et l'envoya s'affaisser contre sa table, déclenchant l'effroi de Abhcan en voyant l'autel de son repas s'échouer comme un navire en perdition.

Tout en se redressant, il émit un regard guilleret vers son écuyer.

— Observe bien, Abhcan ! il n'y a qu'en cet instant que je retrouve mon âme d'enfant...

Abhcan le fixa d'un œil globuleux, s'interrogeant sur les propos qu'il tenait.

Mais son seigneur n'avait pas fini d'en baver, le plus costaud et le troisième compère ne s'étant pas encore fait entendre vinrent le ferrer comme un vulgaire aigrefin n'attendant plus qu'une bonne correction le remette sur le droit chemin. Ils le soulevèrent et l'envoyèrent tournicoter jusque sous les pattes du maigriot éprouvant un mal fou à se relever ; mais l'arrivée soudaine de Padarec le remercia en propulsant son corps – recourbé comme une brindille de sureau –, vers le mur d'en face, allant s'y écraser en un puissant boulet de baliste propre à satisfaire les commanditaires de cette agression punitive.

L'homme rejoint les portes du sommeil…

D'un élan de félidé, Padarec se releva et déboula sur les deux hommes, les plaquant de ses bras puissants et les éjectant par la porte, entre-ouverte comme à l'occasion d'une soirée festive… Il ne s'arrêta pas là pour autant, bousculant le portillon de guingois et employant sous ses airs farouches toutes ses aptitudes pugilistes que son maître lui avait enseignées. Ils se relevèrent laborieusement mais, bien mal à propos, car le mercenaire esquissa un ballet en pesant son bras droit comme un pieu à même la terre amidonnée par la rudesse du temps, pivota son bassin et lança ses deux jambes en direction des corps voûtés des deux compères, encore transis par cette altercation. Sur la place circulaire des badauds vinrent s'y attrouper, pour la plupart quelques anciens pourvus d'une raison à peine éprouvée par la déraison, sentant un bon divertissement poindre à l'horizon, et pour une autre des enfants l'esprit ragaillardi par ce combat de Titans…

La mère Bronach sortit de son estaminet, la mine renfrognée par les dégâts occasionnés par ses consommateurs ; elle hurlait comme une damnée éprouvant la colère des dieux, les maudissant et leur demandant d'endiguer cette échauffourée barbare portant préjudice à son échoppe, pendant que les garnements hurlaient à cœur joie en jetant leur dévolu sur le combattant de leur choix…

et c'est en cet instant crucial que débarqua le druide du coin, accompagné de trois farouches guerriers à l'humeur maussade ; force est de constater que l'avenir ne s'annonçait pas sous de bons augures…

CHAPITRE SEPT

Sous des orbites ravinées par le temps se dessinait un regard impavide forçant le respect ; deux agates d'un bistre opalescent s'y enchâssaient, vibrant d'une puissance hermétique que Padarec n'avait pas encore percée dans le regard toujours déroutant d'un druide. De longs doigts s'agriffaient comme des serres de Phénix au cabochon du bâton soutenant son port altier – l'homme arrivait au terme d'une longue vie couronnant un destin parsemé d'embûches comme de grâces, qu'il aurait fallu un codex des œuvres complètes pour en retracer le fond et la forme d'une vie ancrée sur l'amour du prochain… et il relevait de l'outrecuidance pour ébranler ses convictions d'une justice embrassée par la probité et le sens de la moralité. Il observa le jeune loup solitaire d'un œil aguerri que la nature humaine lui offrit de contempler, comme un fin gourmet soulignant les caractéristiques des fumets émanant d'un bon plat ; mais si le rustre venait à l'escroquer du fil de sa raison, alors il valait mieux prendre ses jambes à son cou et se satisfaire d'avoir pu placer trois lieues entre lui et l'homme de mauvais aloi que vous êtes…

Les guerriers s'étaient éclipsés, car la justice s'évertue à jauger l'honneur d'un homme sans s'appesantir des effets délétères de la caste guerrière.

— Quel est ton nom ? demanda le prêtre à Padarec.
— Padarec… Padarec, fils de Mairtin et de Gwenola…
— En d'autres temps, j'ai pu mesurer le caractère filandreux de ces mauvais garçons, bien qu'ils honorent assidûment leurs corvées que la tribu eût à leur donner… Mais de toi, je ne connais

rien, dont ton visage m'est aussi étranger que l'image que je me fais du Sidh, tout en pointant l'extrémité de son bâton vers le torse de Padarec.

— Comme tu peux le voir de tes propres yeux, je suis un mercenaire à la solde de ton souverain Maddan le Juste. Cette cité est la dernière étape avant de rejoindre le gros des troupes de la compagnie du Fianna campant devant le bastion de la sorcière Morrigan.

Le druide émit un fort désappointement avant de lui répondre, ses traits anguleux ayant pour racine une alimentation non carnée.

— Je suis terriblement contrarié... Comment un noble chevalier peut-il perpétrer de telles bévues ? Alors que sa caste exige de lui qu'il honore les plus grands devoirs d'équité et de loyauté envers son roi et ses sujets...

Padarec ressentit son estomac se nouer, devant la stature émaciée du prêtre qui concentrait tous les principes de sagesse de la tribu de Dana.

— Lorsqu'un faible est soumis à l'avanie d'un homme ou d'une tribu, alors le Fénnid se doit de recouvrer la vérité afin de réparer la méprise qui fut commise à son encontre ! Et c'est en cela que je me suis appuyé afin de rendre justice à mon écuyer, déclara-t-il d'une voix convaincue.

Il se détourna de Padarec et fixa Abhcan.

— Et qui est donc ce jeune homme, dont les prunelles rayonnent de la ferveur de la jeunesse ?

— Abhcan, fils de Fingar, répondit-il en redressant son port de tête, la pendeloque de l'arbre de vie (le crann Bethadh) pivotant sous sa fougue enfiévrée. Je suis son écuyer, toujours prêt à répondre aux besoins de mon maître...

Le prêtre se retourna vers Padarec, le visage apaisé à la vue de ce binôme destiné à bien des épreuves, que le paysan ou le notable sollicite quand la barbarie frappe à leur porte. Il réfléchit à la suite à donner sur cette mésaventure qui affecta la mère Bronach.

— Soit ! Je veux bien passer l'éponge si vous dédommagez la mère Bronach des dégradations que vous avez occasionnées dans sa taverne. Et en plus la tribu vous fournira les vivres nécessaires à poursuivre votre campagne…

Ils avaient réparé les dégâts, et bien plus encore en rebouchant au moyen de boudins de filasse de lin et de paille les entrebâillements des voliges causant un afflux d'air dans la remise. La Bronach fut en joie lorsqu'elle débarqua clopin-clopant dans la resserre, élevant ses bras et le ton de sa voix afin de remercier chaleureusement les deux hommes.

*

L'aurore pointait ses doigts de rose sur le rebord du ciel ambré du Rhyarnon, mais un froid intense éprouvait la région, givrant la moindre parcelle de terre scintillant sous les premiers rayons solaires émergeant des entrailles du Sidh. Ils s'étaient apprêtés à l'arrivée précipitée des premiers frimas ; des exhalaisons de vapeur sourdaient de leur cagoule, se dissolvant en une gaze d'organdi dans la fraîcheur du matin naissant. Ils attaquèrent les premières lieues de la steppe s'étendant en un long drapé tourmenté, façonné d'un chapelet d'éminences de faible hauteur. Le chevalier et son écuyer quittèrent le dernier bourg de la région où, manifestement, le druide avait appuyé leur campagne par un attroupement de villageois avant les premières lueurs de l'aube, manifestant une joie non feinte lorsqu'ils leur fournirent de quoi se vêtir et s'approvisionner pour une dizaine de jours. Des rafales venteuses rampaient comme d'occultes serpents de mer entre les buissons épineux et le relief bourrelé de la steppe allant s'étirer jusqu'aux éminences du Cré Dóite, afin de rendre compte au dieu Arawn de l'arrivée imminente du chevalier du Fianna…

*

Le premier cairn se dressait devant eux ; d'une hauteur de bassin, le monticule de pierres balisait la direction à suivre dans ce vaste décor semi-désertique où des hommes y perdirent leur chemin et leur âme, pour avoir négligé leur itinéraire. L'endroit se révélait détenir une frêle nappe phréatique s'étendant entre quelques buissons et abritant toute une faune rampante, dont la source à fleur de roches sourdait son filet d'eau claire en délivrant son chant cristallin à qui veut l'entendre ; un subtil réconfort avant d'entrer dans le vaste drapé de la lande où les herbacées formaient de folles chevelures ondoyantes, sous les souffles rauques du vent.

Ils firent une halte, laissant leurs montures se désaltérer dans cette flaque pas plus grande qu'un navire de pêche. Abhcan délogea du ravitaillement un briquet, une bourre de coton et un silex et s'en alla s'accroupir entre un groupe de rochers grisâtres, puis heurta d'un coup adroit son silex sur le bord griffé du briquet afin d'en cueillir quelques éclats scintillants sur la bourre de coton, l'inondant d'une lueur fauve, qu'il déposa précautionneusement dans un nid de galets. Puis alimenta la vulnérable flamme de quelques brindilles dérobées sur la bordure du rocher, favorisant la croissance d'un petit feu de camp tremblotant sous les assauts furtifs du vent…

Durant ce temps-là, Padarec jetait un regard enfiévré sur le fil de l'horizon, d'où croissaient des arbustes malingres sur les mamelons renflant cette terre si austère, mais que peu d'hommes, à part le savant mercenaire, savaient en exploiter toutes les quintessences qu'elle cachait aux yeux du profane. Il s'accroupit, et arracha d'une main pesante quelque tas d'une terre sableuse encore nourrie des pluies diluviennes d'un automne précoce et fertile, l'eau s'échappant entre ses doigts engourdis par le froid en de sourds filets, puis se redressa et revint vers son écuyer, s'occupant à pourvoir les chevaux d'une poignée d'orge offert par les autochtones du dernier bourg du coin.

Tout en brossant les crins de son roncin, Abhcan regardait son maître d'une béatitude d'apprenti, plutôt à faire la causette qu'à se demander où son destin l'entraînait…

— Si ce n'est ce blizzard si peu accommodant, cette aventure m'enthousiasme au plus haut point ; je ne cesse d'imaginer ce que nous réservent nos jours à venir, déclara-t-il d'un air radieux.

Padarec lui jeta un regard irrité.

— En attendant que tu deviennes le chroniqueur de tes majestueux exploits, pense à décrotter leurs sabots et à nettoyer leurs yeux des poussières s'y étant introduites insidieusement… !

Ils se réchauffèrent au-dessus de ce maigre foyer ployant sous l'*expir* du blizzard, pendant que le globe solaire grimpait derrière la barrière naturelle du mont Claw Fola, formant un œil sanguinolent que le simple d'esprit pourrait s'imaginer issu de l'œil épieur du terrible dieu Arawn…

Un éclat érubescent embrasait une portion du ciel, ondulant sous les convections thermiques extrêmes affectant la faune et la flore de la lande ; Padarec observa cette lueur irradiant le tertre barrant le passage comme la panse rebondie d'un gobelin… Puis le rayonnement expira aussi vite qu'il naquit, rendant au faîtage du ciel sa couleur bleu saphir. Ils entreprirent de franchir cette élévation d'où poussaient des buissons de genêts et des arbrisseaux aux branchages tortueux, disposés à fournir leur synergie génique afin d'affronter des conditions climatiques antagoniques. La piste serpentait entre des blocs de grès et des entailles de faible profondeur où se lovaient quelques lézards et autres reptiles aptes à survivre en ce comté si aride en été et fertile au printemps et en automne. Les chevaux se faufilaient laborieusement entre la masse écailleuse de galets et de rochers aux parois aussi tranchantes qu'un stylet ; le roncin de Abhcan affrontait ses peurs et se cabrait, sous le regard d'effroi de son cavalier et l'œil attentif de Padarec pivotant sa nuque à se déplacer une vertèbre pour apercevoir où entraînait la monture de l'écuyer, et si ce dernier arrivait à l'accommoder aux vicissitudes du relief tourmenté.

Arrivés au sommet de la butte, ils furent surpris par le tableau qui s'animait au bas de l'à-pic, leurs yeux pétrifiés découvrant l'ampleur de l'atrocité : sous la réverbération de l'âtre solaire et les drapés de brume s'étirant sur l'immensité de la plaine, de sombres fumerolles issues sûrement d'un puissant brasier montaient à l'assaut du ciel ; délavant d'un gris cendré une parcelle de l'éther, les volutes sinuaient comme des nuées d'insectes d'un noir de jais au-dessus des monticules de cadavres, virevoltant sous l'œil encore cramoisi du disque solaire.

Une odeur pestilentielle parvint jusqu'à leurs narines ; des relents de chairs carbonisées infectaient les lieux, malgré le souffle reptilien d'une brise soufflant sur la contrée et serpentant sur une terre se desséchant au fil des jours. Ils se regardèrent, redoutant une terrible vérité, puis dévalèrent l'autre versant et mirent pieds à terre, et s'approchèrent à moins de dix pas d'un amoncellement de corps calcinés. La vision du spectacle les prenait aux tripes : les corps encore fumants jonchaient les environs, les visages carbonisés gardaient la bouche béante de stupeur, pendant que d'autres exprimaient une souffrance abominable qu'ils avaient endurée en une fraction de temps relativement courte.

Abhcan s'éloigna et dégurgita son dernier repas, s'agenouillant à quelques pas de là pendant que Padarec atteignit l'empilement des premiers corps consumés. Il s'accroupit à deux pas d'un homme recroquevillé dans sa souffrance, le corps carbonisé dégageant des fumerolles se défilant sous le souffle du vent. Puis de sa dague il dégagea la rondache encore fumante, dont il apercevait une partie du blason recouverte de cendre : les armoiries montraient deux ancres entrecroisées sur fond azuréen. Abhcan reflua vers Padarec, tout en s'essuyant d'un revers de bras.

— Il fait partie d'un escadron de Maddan le Juste, signala

Padarec d'une voix basse. Puis il se releva, son regard parcourant l'espace du drame d'où un champ de cendre et brandons incandescents révélait l'ampleur de cette tragédie…

Abhcan le héla, pointant un doigt chancelant vers le dôme du ciel.

Padarec redressa la tête, fixant d'un regard ébloui par l'astre solaire un point se mouvant devant les contreforts du Cré Dóite ; il plaqua sa main en pare-soleil.

À deux ou trois lieues un immense prédateur survolait les environs, profitant des courants aériens pour planer en toute quiétude au-dessus de l'immensité de la steppe ; l'oiseau grimpait vers les nuées puis, d'une indifférence déconcertante, bifurqua au-delà des contreforts du Cré Dóite s'en battre la moindre jointure de ses ailes.

Sous le jour naissant, les deux aventuriers remarquèrent une émanation grise cracher de l'appendice de cet étrange volatile ; mais le fait le plus marquant, c'est qu'une simple écharde de l'éclat solaire vint épouser son empennage, dont le corps semblait enveloppé de toile et de bois se cambrant sous son propre fardeau…

CHAPITRE HUIT

Ils continuèrent leur chemin en direction des premières éminences se dessinant en arrière-plan de la steppe ; les crêtes vallonnées du Cré Dóite, dont certaines déchirées de grandes piques, s'étiraient d'un seul tenant devant le mont, titanesque, du Claw Fola, en ce lieu où réside la parèdre du sombre dieu Arawn – le maître de l'Outre-tombe –, la déesse blanche Morrigan. On disait d'elle que le simple fait de soutenir son regard d'une laideur repoussante suffisait à rendre l'âme, le corps figé pour l'éternité, pendant que d'autres individus ayant pris connaissance par ouï-dire, que son corps d'une blancheur cadavérique supportait un visage d'une beauté remarquable, figeant le manant comme une cariatide de sel, et que la simple expiration de la déesse suffisait à disperser le corps du trépassé à cent lieues à la ronde… Mais tout cela n'avait que peu de chance de détenir la vérité, car ceux qui osèrent affronter son regard ne sont plus de ce monde, pour corroborer ou contredire ce que certaines personnes affirmaient et que d'autres infirmaient.

Durant le lendemain de cette funeste découverte, le temps partait au beau ; l'éclat intense du soleil parvint à rendre la pérégrination plus facile, le temps clément réchauffait les corps et les âmes, permettant d'admirer le relief majestueux du volcan Claw Fola, drapé de neige et nimbé d'un voile de mousseline ouatée, mais le surlendemain le blizzard revint perturber la faune et la flore, soufflant un vent polaire à figer les corps comme des stalagmites de glace, que nul homme n'oserait toucher de peur de s'y retrouver tout autant piégé. Des rafales cinglantes descendaient de la chaîne du Claw Fola, dans un mugissement d'aurochs ou du râle vengeur d'un dragon qu'un aventurier aurait ranimé par inadvertance de sa sombre torpeur. Poussées par les rafales, des broussailles filaient comme des démons au-dessus de la terre gelée, giflant au passage les flancs des chevaux, l'encolure ployant vers une terre dure comme de la pierre. Les deux aventuriers chevauchaient face au vent, l'échine courbée et le nez enchâssé dans leur mantel, se fiant aux cairns jalonnant la piste battue par un blizzard dément. Ils se reposaient aux creux d'une dépression du terrain ou d'un amas rocheux émergeant du sol comme des géants repus après un bon repas.

Le troisième jour vit se dresser sur le fil de l'horizon le majestueux tableau du Cré Dóite ; la plus haute des éminences laissait deviner sur le contre-jour naissant la place forte du château des Ducs, le dernier bastion du Rhyarnon trônant devant le mont Claw Fola. Les températures grimpaient au fil de la journée, permettant à quelques buissons d'éclore leurs corolles d'un bleu héraldique, pendant que des lézards émergeaient leur corps des roches affleurant du sol, pour se ranimer à la faveur d'un soleil devenu soudainement généreux.

Après quelques lieues, le paysage se métamorphosa ; le terrain auparavant plat devenait plus abrupt, des massifs rocheux de différentes tailles s'imbriquaient afin de former des blocs donnant sur des à-pics vertigineux. La piste finit par s'étrécir, sinuant comme les traces d'un serpent entre des colonnes de pierres issues d'un passé géologique trouble qu'aucun ancien n'eût connu de son vivant. Des chuintements parvinrent à leurs oreilles – Padarec redressa la tête, observant un couple de vautours sillonner le ciel en de multiples circonvolutions, leurs girations s'étendant d'un escarpement à l'autre. Des roches gravillonneuses dévalaient des parois au fur et à mesure de leur progression, sous l'allure retenue des destriers, dont le claquement de leurs sabots se répercutait à l'infini. Abhcan observait cet environnement particulièrement hostile d'un œil anxieux, s'écartant des parois abruptes dès que l'occasion le permettait. Un courant d'air déprimant parcourait le col du Cré Dóite, tourmentant les chevaux au point qu'il devenait urgent d'émerger de cette entaille géologique formée depuis la nuit des temps, où les dieux mesuraient leur force afin de conquérir la terre des mortels…

Le crépuscule pointa, affirmant sa présence et étirant les ombres en des formes étranges qu'un œil candide pourrait saisir comme des entités terrées dans les entrailles de la roche. Abhcan ne cessait de solliciter Padarec, le consultant sur l'issue de ce trajet, et pour toute réponse le mercenaire lui répliquait que les premières lueurs des étoiles lui apporteraient enfin la réponse. La montée fut rude ; ils descendirent de leur monture et grimpèrent laborieusement le sentier tout en les tenant par la longe, empruntant des lacets si exigus qu'il fallait prendre toutes les protections pour ne pas retrouver leur coursier, fracassé au bas de l'à-pic.

Ils émergèrent enfin du goulet ; un plateau s'étendait sur plusieurs lieux, surplombant l'immensité de la plaine du Cré Dóite sur un versant et faisant face sur l'autre à la barrière du Claw Fola, dont les sommets enneigés griffaient un ciel bas cendré, plombé par des nuées fuyant vers le ponant. Ils virent dans sa plus majestueuse puissance la forteresse des Ducs se dresser devant le tableau sublime des crêtes enneigées du terrible volcan. L'imposante fortification s'accrochait à même la roche du plateau, une section des remparts surplombant le versant opposé faisant front au mont ténébreux. Le chemin s'y déployait et serpentait jusqu'à la barbacane, emmurée entre deux empilements de rochers. La place forte impressionnait par sa démesure, l'enceinte semblait imprenable, tant sa masse épousait la majeure portion du contour du plateau. Comment ne pas s'émerveiller devant l'architecture militaire imposante ? érigée avec l'appui de majestueux architectes et de bâtisseurs les plus magistraux de la terre du Rhyarnon. Son port altier pouvait émouvoir le plus illustre des savants ayant honoré sa part de charge de travail à son élaboration, recrutant une masse de maîtres d'œuvre, de charpentiers, de maçons et d'ouvriers afin d'édifier la plus imposante place forte que la terre des hommes n'a depuis fort longtemps composé une telle fortification…

Abhcan regardait avec fort étonnement la citadelle émerger d'un banc de brume s'effilochant au fil de la progression de l'âtre solaire. Des oiseaux planaient autour de la forteresse, comme un hommage céleste à ce rempart destiné à repousser les chevaliers-démons, dont nombre de personnes perdirent la vie durant son érection. Entre les effilochements de la brume, il discerna le mat d'une catapulte émerger des créneaux. Padarec resta impressionné par la vision de puissance émanant du fort dressant son échine vers le ciel, afin d'observer les tours et les chemins de ronde s'immergeant dans les vapeurs de la bruine…

Le roncin vint clôturer ce périple, soudain le bruissement imprévu d'un immense filet tomba sur eux, les emprisonnant comme de vulgaires gibiers surpris par l'embuscade de quelques rabatteurs accoutumés à ce genre d'affaire. Ils se retrouvèrent enchevêtrés dans une grande nasse, et se battirent contre les mailles à se déboîter une articulation. Padarec parvint à extraire son épée du fourreau et le dressa au-dessus de sa tête, tentant d'en sectionner les mailles, sous une colère noire rétive à contenir. Dans la fureur de ce guêpier, il vit deux hommes tapis sur une corniche et bondir sournoisement sur l'échine de Abhcan ; l'écuyer se retrouva à terre en quelques fractions de seconde, enveloppé et emballé dans le filet tel un menu fretin. Quant à Padarec, il parvint à en sectionner quelques mailles et à s'en extraire, mais dès l'instant un poids écrasant vint l'expédier sur le sol de toute sa masse, la poitrine comprimée par la collision et la charge du gredin. Padarec parvint à se dégager de son agresseur ; d'un bras vigoureux il lui arracha une mèche de cheveux, l'homme roula sur le côté en hurlant de douleur. Sur ce fait, Padarec en profita pour pivoter et se redresser d'un bond, afin de faire face à son assaillant : un homme plutôt mince et profilé à ce genre de fantaisie sportive…

Le mercenaire dressa le poing avant que son adversaire ait eu le temps de riposter, mais un violent coup asséné derrière sa tête vint interrompre sa contre-attaque.
Il s'affala sur le sol comme un grossier pantin de chiffons, son esprit sombrant sur les lames obscures du néant…

CHAPITRE NEUF

Des formes chimères émergeaient des abysses, se dilatant et se contractant dans l'opacité de l'absence... Une voix jaillit des profondeurs : les appels déchirant d'une mère pour son enfant braillant sur les failles du temps... D'une voix élégiaque, la femme suppliait l'indifférent voleur d'enfant en tendant ses mains vers son nourrisson, alors que de virulents bras l'avaient arraché de son sein protecteur. Elle hurla de désespoir, invoquant les dieux puis les démons. Puis dans la fureur de cette mutilation maternelle, elle hurla de désespoir, alors que l'homme arracha de son cœur le fruit d'un amour perdu, fuyant vers le levant...

Il jaillit d'une ténébreuse léthargie, son cœur cognant dans sa tête comme une chevauchée de démons... La douleur battait dans son crâne comme un tison pénétrant au plus profond de sa chair. Padarec recouvrit la vision ; tout d'abord floue, nébuleuse, puis la précision du relief se dessina, sur un sol froid et poussiéreux. Soudainement, il ressentit une gêne encombrer ses entrailles, il se recourba, vrillé par la douleur, puis régurgita son dernier repas – il s'essuya d'un revers de bras et redressa lentement sa tête, sous le crépitement d'un brasero diffusant son déficient rayonnement calorique... Le chevalier reconnut la salle de garde du château des Ducs, dans toute son austérité architecturale, puis perçut des bruits confus de pas et des rires fuser derrière lui, à l'instant où sa vision se portait du sol au mur d'en face, d'où un homme occupait un siège défraîchi par le temps, sur un fond mural grisâtre.

— Qu'on lui apporte à boire ! ordonna l'homme placé sur

son fauteuil de guingois.

Padarec sembla reconnaître cette voix rocailleuse.

Une main rugueuse façonnée de callosités lui présenta une outre ; Padarec regarda l'homme fugitivement, puis attrapa l'outre d'une main tremblante et présenta le déversoir à sa bouche gercée par le froid ; il se désaltéra de quelques goulées puis restitua la gourde au soldat. Celui-ci lui jeta un regard dédaigneux, manifestant un sourire narquois tout en s'en retournant vers une immense table s'étirant hors de son champ de vision. Le capitaine se redressa de son séant et vint à sa rencontre d'un pas ferme, puis lui présenta sa main afin de l'aider à se redresser…

Il se leva d'un aplomb chancelant, puis fit un pas en arrière et fixa le visage impassible et taillé à la serpe du capitaine des gardes.

— Rórdán !

Le soldat émit un sourire sarcastique.

— Alors, Padarec, l'intonation de ma voix ne te suffit plus à reconnaître ton vieil ami ?

— Ta façon d'accueillir les « amis » n'est pas du tout étrangère à ta vision du monde, et encore moins de la mienne ! clama-t-il d'un ton haut.

Rórdán s'esclaffa et retourna s'asseoir tout près du brasero, le coude appuyé sur l'une de ses jambes et son poing étayant un menton volontaire, lui offrant une allégorie de prestige…

Padarec se retourna et jeta un regard panoramique sur la salle de garde. La grande table était occupée par une dizaine de soldats au ton enjoué ; ils se jetaient sur leur brouet, dans un bruit de succions incommodes. Celui qui lui tendit l'outre redressa la tête, lui jetant un regard sournois tout en ingurgitant de la pointe de sa dague un morceau de couenne bien visqueuse.

— Tu es toujours aussi bien secondé, constata-t-il. Puis pivota de nouveau vers le capitaine, se curant les ongles de sa dague. Où as-tu séquestré mon écuyer ?

— En haut, dans vos appartements…

Padarec le rejoignit…

— Je ne discerne en cette pièce aucun homme du Fianna… Seraient-ils passés de vie à trépas ?

Rórdán évacua d'une main preste des rebuts de terre accrochés sur ses bottes et redressa sa tête d'un air frondeur.

— Ton escouade siège devant la barbacane… Ils ont pour ordre de s'y poster en cas de conflit.

— Ouais ! En cas de conflit. Tiens donc…

Il se releva et l'invita à le suivre devant l'embrasure à coussièges. Sur l'étendue du terrain, des tentes s'y dressaient face au paysage de l'impressionnante chaîne du Claw Fola ; la barrière naturelle formait une enceinte imprenable, surmontée par des pics et des monts enneigés s'immergeant dans les nuées. Un virulent blizzard d'altitude poussait la masse nuageuse au-dessus du fil de crêtes, d'où des drapés cotonneux ondulaient comme un voile d'organdi épousant les rondeurs des danseuses orientales… On devinait l'irradiance des braseros éclairant l'intérieur des tentes, pendant que les rumeurs du blizzard annonçaient un hiver aussi profond que les fosses du dieu à cornes de bouc, le mystérieux Cernunnos ; les oriflammes, gonfalons et étendards de la Compagnie du Fianna claquaient au vent, sous l'œil austère d'un soleil jaunâtre montant péniblement au-dessus des terres gelées des contreforts du Cré Dóite…

Padarec s'écarta de l'embrasure et regarda le profil athlétique du capitaine ; les traits sculptés par la sévérité du devoir martial se dessinaient sur la pénombre de la pièce, renvoyant l'image d'un homme naît pour l'action. Ce n'était qu'une énième rencontre qu'ils vécurent en ce lieu, car tant d'amertume et d'étranges complicités pouvaient les tirailler, qu'il en devenait mesquin de s'attendre à ce que l'une ou l'autre partie cède sa part de sensibilité sur l'autel des sacrifices…

— Et quelle est donc cette subite lubie de ta part à me

fournir le gîte et le couvert ? alors que mes compagnons d'arme se gèlent le scrotum sur les terres âpres du Fola…

D'un geste lent, il pivota sa tête vers le mercenaire ; un éclat blanc émergea sur le pourtour des iris.

— Après cette sombre affaire qui a déchiré notre amitié, j'avoue t'être redevable… alors autant faire dans le mécénat. Et pour ce qui ressort de tes devoirs envers ta communauté, tu n'as qu'à leur signaler que tu dois servir ma cause afin d'amender tes bévues…

— Ben donc. Il va falloir que je m'aligne sur ta ligne de tir, le temps d'une saison. Sais-tu que des mercenaires sont passés par le fil de l'épée parce qu'ils ont osé traiter avec Maddan sans en avoir averti la Compagnie ? Padarec effleura sa nuque du doigt, feignant un coup de couteau leste de l'assassin, tout en immisçant un rictus de complaisance. Les mercenaires ne rigolent pas avec la charte du mercenariat. Tu en as déjà eu connaissance tout autant que moi… Et nous sommes en demeure de fédérer toutes nos attentes afin d'extraire l'essence de notre concorde, propice à garantir la pérennité de la Compagnie du Fianna… sans quoi le membre en désaccord est dans l'obligation de la quitter et de remettre sa chevalière au seigneur qui en supporte la charge durant l'année en cours…

— Personne ne t'empêche de quitter les lieux !… Padarec – il lui montra la sortie, d'un bras tendu comme une épée. Par contre, si tu décides de nous accompagner sur ce chemin aride qui mène à la gloire, alors tu devras te soumettre à mes ordres, et quoi que tu en penses, tu es corvéable à merci !

Padarec resta sans voix, accusant le coup et tentant de sortir d'une impasse qu'il savait inévitable : ses finances étant au plus bas, il s'était engagé à tenir le glaive et l'écu, malgré d'autres conflits bien plus avantageux pesant sur les terres du Rhyarnon, mais n'augurant aucun retour fructueux en cas de défaite. Quant à

Rórdán, il put s'extraire d'un fâcheux investissement par un concours de circonstances ; il fallut bien des médiations de Padarec, pour le sortir d'un mauvais placement auquel il avait affecté toutes ses économies… Pourtant le capitaine de l'ost avait la dent dure envers son ami, malgré le soutien qu'il lui porta, car des affaires de cœur avaient émoussé leur franche camaraderie, et ce n'est pas sans quelques éclats de profonde rancœur, qu'ils s'éloignèrent, chacun vaquant à son labeur quotidien…

L'air revêche, Padarec se retira de l'embrasure.

— Que l'on me dirige vers mes appartements. J'ai hâte de retrouver mon écuyer afin de lui enjoindre de prendre soin des chevaux…

Rórdán héla un soldat.

— Calbhach ! Mène le seigneur Padarec jusqu'en sa villégiature, somma-t-il d'un ton railleur.

Le regard plissé, l'homme qui lui avait offert à boire auparavant vint à lui, tout en lui jetant un regard noir, puis ils montèrent aux étages sans émettre la moindre parole…

Sous le grincement des gonds, Padarec vit la mine rayonnante de Abhcan apparaître. La pièce nichait dans l'une des tours, et ne possédait qu'un coffre vermoulu pour y déposer ses affaires et deux paillasses jetées à terre au pied d'une portion du mur incurvé. La lumière diffuse trônait dans une atmosphère glauque et humide, car deux meurtrières favorisaient deux minces faisceaux lumineux progressant suivant la course du soleil. Rien n'arrêtait la bonne humeur de Abhcan, et ce n'était sûrement pas la froideur du lieu qui pouvait assombrir son humeur joviale. Padarec s'entretint avec lui, offrant ses conseils d'homme de guerre et lui avertissant qu'ils allaient devoir rencontrer la Compagnie du Fianna sous peu. Il l'avisa que dès demain matin il devra se lever dès l'aube et entamer un entraînement fort contraignant ; des cours d'escrime que le poète devra honorer sans défaillir et montrer une endurance à toute épreuve…

*

En début d'après-midi, la couverture nuageuse recouvrait l'immensité de la steppe ; une infime portion du ciel laissait entrevoir un disque solaire blafard, dissimulé par le voilage arachnéen d'un banc de nuages, s'effilochant durant leur indolent cheminement. Figés comme deux cariatides, les deux gardes postés devant la tente laissèrent passer Padarec et Abhcan. Tout en courbant l'échine, Padarec écarta le pan de la toile et pénétra dans l'abri, suivi de Abhcan jetant un œil inquisiteur sur les deux cerbères, plantés comme des pilastres. La lueur du brasero éclairait le visage austère de Ruadhán semblant se forger par la danse des ombres créée par le frémissement du foyer. Le capitaine du Fianna avait les paupières refermées, assis en tailleur sur un tapis usé et fort malodorant. Le buste droit et la mine sombre, il tendit un bras en signe d'invitation, sans pour autant ouvrir les fenêtres de l'âme, et émettre la moindre formule de politesse puis se redresser à la venue de ses invités. Sa chevelure d'un noir de corbeau retombait en nattes serpentiformes sur ses larges épaules, et la tunique d'un cuir élimé par le temps et les combats rapprochés s'effilochait aux manches, laissant entrevoir une poigne de fer, dont les deux bras s'honoraient d'entrelacs dessinés par un habile tatoueur.

Ils s'assirent à même la natte, face au buste corpulent du stratège dont le visage semblait fait de marbre. Il ouvrit les yeux ; Abhcan n'en menait pas large, préférant éviter le regard hypnotisant du plus grand des mercenaires, s'attelant à détailler de fond en comble l'intérieur spartiate de la tente. Les fumerolles du brasero s'élevaient vers l'auvent permettant l'évacuation des fumées, emportant les pensées les plus sombres d'un homme ayant vécu une majeure partie de sa vie sur les champs de bataille…

Il tourna la tête vers Padarec.

— Nous nous retrouvons enfin, Padarec ! Il y a si longtemps que nous n'avons eu le plaisir de te voir, que je me demandais si tu avais quitté cette vie pour les champs fleuris du Mag Mell (le séjour des morts).

— J'avais des impératifs à finaliser…, dit-il sans s'éterniser sur les motifs en cause.

— J'ai ouï dire que l'on vous a piégés comme de vulgaires couillons pris en flagrant délit la main dans le sac…, affirma-t-il sans poser le moindre regard sur Abhcan.

— Les nouvelles vont vite…, riposta Padarec.

— Oui. Et ce n'est pas sans une grande frayeur que j'apprends que tu t'installes dans l'une des parties communes du château… Il le regarda sombrement. Un mercenaire n'a que faire dans ce genre d'endroit. Ta place se trouve en ce lieu, avec le restant de la Compagnie du Fianna ! lui signala-t-il d'un ton froid.

— Suite à un différend avec Rórdán, j'ai des dettes à recouvrir. Je suis donc dans l'impératif de loger à même la place forte. Existe-t-il un édit du Fianna, engageant le chevalier à résider auprès de ses frères d'armes ?

Ruadhán ne répliqua pas et d'un regard interrogateur dévisagea la silhouette menue de Abhcan.

— Comment t'appelles-tu ?

— Abhcan, fils de Fingar… Et dorénavant, dévoué écuyer du chevalier errant Padarec.

L'esprit troublé et les sourcils plissés, il se retourna vers le paladin :

— Ha ! Parce que, maintenant, un mercenaire aspire à disposer d'un écuyer ?

Padarec allait riposter à ce grief, lorsque des bruits de fond vinrent tronquer leur conversation ; des hommes se mettaient à crier, puis des sifflets et des boutades lubriques vinrent aux oreilles du chef de camp. Il se leva et se planta à l'entrée de la tente.

— Finbarr ?… C'est quoi ce foutoir ?

Le soldat vint à sa rescousse :

— Un tombereau remplit de puterelles se dirige vers le château, commandant. C'est le seigneur Rórdán qui en a fait la demande, afin de calmer l'ardeur de sa garnison…

À la suite de ce commentaire, Ruadhán aboya comme un chien hargneux :

— Tu vas *expressément* expliquer au seigneur Rórdán, qu'il est hors de question que ces chiennes viennent perturber mes hommes ! Tu as bien compris, ce que je demande ?

— Oui, commandant. J'y vais de ce pas, et tout de suite…

Ruadhán écarta nerveusement le pan de toile et pénétra dans la tente, la face cramoisie par un accès de colère. Il s'approcha de Padarec, le regard fou.

— Si j'autorise ce genre d'élucubrations, mes hommes n'auront plus de hargne au combat, car leur queue se sera tarie de toute l'énergie qu'il faille maintenir durant le combat…

CHAPITRE DIX

On entendit l'huir d'un faucon saillir du ciel blafard ; Abhcan redressa la tête, remarquant le prédateur dessiner des circonvolutions sur la trame céleste… L'oiseau semblait frôler les nuages bas, les effleurant du bout de ses rémiges afin d'adresser au ciel, la magnificence de son vol. Sous la fraîcheur du matin, la bouche du barde exhalait une vapeur éthérée, dans l'atmosphère vitrifiée par un courant d'air froid émanant du nord polaire.

— Abhcan ? Il n'est plus temps de rêvasser. Dorénavant, seule demeure la puissance d'attention portée sur chacun de tes gestes…, dicta Padarec, d'un ton inflexible.

Abhcan redressa son épée, puis frappa de taille sur le montant du pieu d'entraînement, fiché sur un secteur de la cour – deux hommes de garde, postés sur le chemin de ronde, raillaient d'un esprit sarcastique le novice prendre de rudimentaires cours d'escrime :

— Ce ne sera sûrement pas ce ballot qui sauvera le royaume, proclama le plus grand.

— S'il arrive à enfoncer la pointe de la lame jusqu'à son tranchant, il faudra me couper les deux orphelines ! déclara le second.

Les deux gardes rirent de bon cœur de leurs niaiseries, pendant que Abhcan, le visage déconfit, suait à grosses gouttes comme un ânon effectuant sa première ascension du mont Fola.

Il s'épongea le front d'un revers de bras, et se présenta face au pieu, positionnant ses pieds de manière hasardeuse. Padarec accourut, l'obligeant à revoir son orientation spatiale. Il l'assista du point du jour jusqu'au midi.

*

Abhcan sortit de la salle de garde, épiant le ciel en quête de cet oiseau fabuleux, qu'il en oublia de regarder devant lui, percutant l'épaule d'un des gardes de faction ; l'homme prit mal la chose et l'attrapa par le col du manteau.

— Abruti ! Tu ne peux pas faire attention où tu mets tes pieds, au lieu d'observer les nuages ? À moins que ce fût dans un but mesquin pour me faire enrager de colère ?… et de t'en coller une…

Padarec sortit du corps de garde en courant, attrapa la manche du soldat et l'envoya valdinguer sur le perron du bâtiment. L'homme se redressa, mais à la vue du rude mercenaire il se ravisa de ses primaires intentions et pénétra le seuil de la bâtisse, jetant un regard sournois sur la silhouette de Abhcan.

— C'est ce que l'on appelle une « contre-attaque » ! Maintenant que nous avons fait ripaille, il est temps de jouir de toute cette énergie provenant d'un excellent repas à des fins plus martiales et pratiquer ce que nous avons étudié en matinée…

Il retira son épée placée contre son échine et se plaça en position d'attaque.

—…Comme je te l'ai enseigné ce matin, place tes jambes en position d'appel, prêt à glisser tes pieds à tout instant, en fonction de l'espace que tu occupes et des intentions sournoises de ton adversaire…

Ils enchaînèrent des voltes et des contre-voltes, des feintes et des ripostes, et combien de fois le jeune Abhcan se retrouva cloué au sol et soumit au sort des parades qu'il en fut anéanti par tant de difficultés. Mais Padarec, tout bon pédagogue qu'il fut, apaisa ses craintes et le réconforta en le conseillant de la meilleure formation qui lui fût donnée…

En soirée, Abhcan fut courbaturé de toute cette péripétie martiale… qu'il s'affaissa sur sa couche et sombra dans un profond sommeil.

*

Le ciel devint sombre, et l'heure approchait pour conclure cette soirée par un bon repas, même si, il faut le dire, ce n'était pas vraiment le cas en ce lieu si éloigné des premières cités du royaume de Rhyarnon : les plats étaient fades et le vin passé, sans compter que le chevalier n'était pas placé sous les égides de l'armée dans ses braies, juste la courtoisie de Rórdán concernant le gîte et le couvert, mais du restant de la populace y résidant, là, ce n'était pas du tout ce qu'un mercenaire aurait aspiré, tant la mauvaise foi régnait dans l'enceinte militaire !

Abhcan avait rejoint les bras de Morphée ; car tant d'exercices finirent par l'assommer, qu'il ne fallut que quelques secondes pour qu'il s'allonge sur la paillasse et finisse par s'enfoncer dans un sommeil bien mérité. En descendant vers la salle des repas, Padarec croisa une silhouette sur l'un des paliers, la lueur du dernier quartier lunaire laissant entrevoir la forme sombre d'une femme le frôler. À son passage, il entendit comme un susurrement l'interpeller, un « Prends garde ! », qu'il ne sut si ces chuchotis émanaient du feulement du vent en pénétrant par l'archère, ou de cette femme qui se mouvait comme une ombre féline. Deux calots d'un bleu diffus brillaient dans ces fenêtres de l'âme, que Padarec en fut perturbé, au point de se rompre une vertèbre en se retenant de justesse à une saillie du mur de soutènement ; sûrement une pièce massive du contrefort de la forteresse.

Il se retourna afin de la héler, mais c'était déjà trop tard : l'ombre féline disparut en se fondant dans les ténèbres…

*

Padarec s'était installé à la table de Rhordan, détaillant furtivement le caractère bilieux de ses lieutenants, triés sur le volet, pendant que Rórdán ne cessait de lui causer de tous les problèmes qu'un gradé est en devoir de régler... Sans oublier l'atroce agression que le dernier escadron a subie à quelques lieues du fort.

Il lui fit part d'une annonce importante :

—... Nous attendons l'appui d'un contingent..., annonça Rórdán.

— Le temps risque de nous faire défaut, fit Padarec. Maddan ne cesse de perdre des hommes, face à des forces qui nous dépassent. Ce contingent ne sera que la énième perte à déplorer, s'il ne met pas les moyens en route. Et l'hiver s'annonce rude, en ces contrées.

— La trésorerie du royaume est au plus bas, et les forces sombres sont au plus haut de leur agressivité. Je ne suis qu'un pion sur l'échiquier du Rhyarnon, Padarec ; tant d'incertitudes demeurent en ce monde, qu'il faille prier les dieux afin de ne pas commettre un choix fatal...

Un guerrier vint couper leur conversation. Le capitaine se leva de son séant, et se dirigea à l'autre bout de l'immense table.

— Quelque chose me dit, que ton visage ne m'est pas étranger... affirma le vieux fantassin, placé à côté de Padarec.

Padarec se tourna vers le vieux soldat ; sa chevelure poivre et sel était retenue par une broche en bois étirant ses traits ciselés de profonds sillons, que l'usure du temps avait fini par raviner sur sa peau flétrie par son âge avancé. L'homme inspirait confiance, un sourire effilé s'immisçait aux commissures de ses lèvres, que le plus savant des druides pourrait révéler sa mantique et y déceler les épreuves du temps et des passions, à jamais enfouis dans le refuge de son cœur...

— Je ne pense pas, assura-t-il d'une intonation ferme mais courtoise. Je viens d'une lointaine province, qu'il faille s'assurer de la bienveillance des vents et l'apaisement des ondes de l'océan pour oser débarquer jusqu'en ces contrées...

— Alors, je dois confondre avec un autre mercenaire, car tant d'années à servir notre roi que je fus durant de nombreuses années de campagne, un compagnon d'arme auprès de jeunes conscrits…

— Quel est ton nom ? Lieutenant.

— Torin est le nom que ma mère m'a donné, mais que mon père n'a jamais approuvé, car ce patronyme lui réveillait les heures douloureuses que vécu mon grand-père, durant ses années terribles de guerre. Mais, par amour d'une épouse aimante, il finit par acquiescer à ses nombreuses prières.

Padarec examina le vêtement du soldat.

— Je ne connais pas ce genre de tunique. De quel ordre fais-tu donc partie ?

— Je suis le vaguemestre de l'ost, déclara-il en lui présentant l'écusson accroché au niveau du cœur, typique de sa fonction. Mon devoir consiste à concevoir et à suivre la bonne marche du convoi. J'ai reçu ma nomination à ce poste par la grâce de notre souverain, après un conflit mémorable que ma mémoire ne peut faire défaut tant il fut éprouvant – il leva les yeux au plafond, comme s'il attendait l'assentiment des dieux pour conter son histoire. De ce fait, notre roi m'offrit une prodigue retraite, mais je lui fis remarquer que j'aspirais à poursuivre mon service au sein de l'ost… Il acquiesça à mon souhait, en épinglant l'écusson de vaguemestre sur la tunique, ici présent… S'il faut en croire le grand connétable, descendant de l'illustre famille de Lacy, je versai une larme sur la main de notre souverain alors qu'il me remettait l'insigne de vaguemestre ; notre bon seigneur remarqua cette perle souillant sa noble personne, mais n'en fut point incommodé, et reconnut d'un susurrement à l'oreille du connétable qu'il prenait cette larme comme preuve d'un attachement profond à la Couronne.

L'homme d'un âge respectable sourit à cette anecdote, car la teneur de l'histoire lui tenait à cœur, puisqu'il en était le principal récipiendaire. Padarec déballa des faits de guerre et des anecdotes de combats que l'homme en fut émerveillé, écarquillant ses yeux comme un enfant écoutant les péripéties de son héros…

Le temps passa comme une traînée de poudre, puis le capitaine Rórdán se dressa de sa chaise et interpella l'assemblée :

— Mes amis ! avant de croiser le fer avec l'ennemi, en cette soirée l'ost a décidé de vous offrir ses largesses…

Emplis d'une allégresse bon enfant, les hommes se levèrent et se dirigèrent vers un autre appartement du château, traversant un étroit vestibule pour émerger dans une sorte d'alcôve feutrée, dont les murs s'enorgueillissaient en révélant leur livrée de velours, revêtant un tissu mural de grande valeur.

Les combattants écarquillèrent les yeux à la vision truculente de ce qui se présentait devant eux : de délicieuses femmes, parées de toilettes des plus osées, se vautraient en petites tenues sur le sol moquetté d'un vert émeraude, paradant, sautillant, effectuant des contorsions lascives devant le regard enflammé des guerriers. Taquines, elles se cambraient d'une effronterie de puterelles, prenant des positions lascives, à faire damner le plus valeureux des druides…

Padarec jeta un regard consterné au vieux Torin. Une jeune libertine vint jusqu'au vaguemestre, mais il écarta la belle-de-nuit d'un revers de bras. Elle se tourna alors vers le chevalier, lorsqu'une autre courtisane l'éjecta comme un vulgaire moucheron importun.

La nouvelle prostituée s'approcha de Padarec, les yeux flamboyant comme deux feux follets. Ses mèches de cheveux d'un roux fauve ondulaient comme des serpents de mer prenant vie sous la démarche féline de la catin. Il resta de marbre lorsqu'elle s'approcha, puis posa ses deux mains sur son torse puissant, glissant ses doigts voluptueux dans une lente exploration de la chair. Il ressentit un vent glacial l'emporter, dans un orage de grêle transperçant sa chair comme des milliers d'aiguilles. Elle continua son exploration charnelle et descendit ses bras à hauteur de bassin, l'effleurant de ses mains comme deux foyers se consumant sous l'ardeur passionnelle, pendant qu'elle l'envoûtait d'un désir brûlant ; son dard se durcit sous l'exploration enflammée de la belle, et alors qu'il n'était pas loin de céder à son appel, subitement une troisième catin vint briser cette ivresse sensuelle…

Elle attrapa d'un geste brusque le bras de sa rivale et la bloqua afin de la faire lâcher prise, sous leurs cris atroces. Puis tira la chevelure en arrière, pendant que Padarec se retrouva figé, observant la scène de combat comme dans un songe dont il n'arrivait pas à s'extraire… Sous un voile laiteux, il entrevoyait deux flambeaux opalescents émergeant des yeux de la dernière compétitrice, son esprit glissant sur l'étendue de son champ de vision, alors que les deux folles se rossaient comme des chiennes en chaleur…

Une main vint toquer contre son échine. Il sortit brusquement de sa torpeur et se retourna ; Torin le toisa et le regarda d'un sourire moqueur.

— Alors, tu reluques les copains ?

— Ben, tu ne vois pas qu'elles se crêpent le chignon ? s'exclama-t-il en s'écartant du vétéran. Mais, mis à part le lupanar de campagne, les deux folles s'étaient évaporées…

CHAPITRE ONZE

Padarec prenait le pas sur celui du capitaine traversant d'une solide enjambée le hourdage du chemin de ronde, la palissade tressautant sous le timbre spasmodique du bois vibrant jusqu'à ses oreilles ; des rais de lumière filtraient des archères en enfilade, découpant le profil massif du capitaine, d'où un regard indomptable portait au loin, bien au-delà des contreforts du Cré Dóite… Si leur complicité s'était diluée au fil du temps, elle révélait dorénavant un étrange alliage d'une amitié forgée sur les reliques des péripéties qu'ils bravèrent en commun et des différends qui les opposèrent durant une décennie, ternissant à présent l'image révolue d'une profonde amitié, où ils éprouvèrent bien des expériences et des exploits que l'on peut attendre de preux chevaliers…

Ils passèrent devant une bombardelle, l'artilleur saluant leur passage d'une main courtoise, puis Rórdán stationna aux abords d'un créneau, pendant que Padarec se planta à ses côtés, contemplant tous les deux les crêtes du mont Fola – le massif volcanique s'étirait sur des centaines de lieues, telle la dépouille titanesque d'un dragon, affaissé sous son énorme masse. Sur un flanc du mont Fola, un drapé neigeux oscillait sous les assauts du vent, alors qu'à cent lieues de là des cimes enneigées étincelaient et se détachaient sur la splendeur du disque solaire.

— J'ai de mauvaises nouvelles à t'annoncer, lança soudain le capitaine, tout en se penchant vers la barbacane.

Des fumerolles de la Compagnie du Fianna trépidaient sous

des rafales provenant de la montagne sacrée, pendant que des mercenaires se réchauffaient devant les braseros rougeoyant sur l'aube naissante…

Il le regarda, les sourcils froncés.

—…Le dernier contingent n'abordera jamais le château des Ducs, l'informa-t-il d'un ton grave : le convoi a été décimé par des dragons, à seulement une dizaine de lieues de la place forte !…

Par des dragons ? Faut-il se satisfaire de cette interprétation des faits ?

Padarec resta estomaqué ; une boule se logea au fond de sa gorge, l'empêchant d'émettre la moindre parole. Une rafale plus puissante que les autres vint à ramper le long de la courtine ; les deux hommes s'écartèrent du créneau dans un déchaînement venteux, qu'ils furent surpris par sa puissante agression.

—…Nous devons mettre au point une contre-attaque du bastion du Claw Fola. Nous ne pouvons plus attendre des renforts, et l'hiver pointe sa gueule comme celle d'un immense prédateur prêt à fondre sur nous. Je vais de ce pas ouvrir un symposium, et je demanderai à Ruadhán d'y participer en fin de soirée, afin de mener à bien cette expédition punitive que notre roi a organisée sous sa férule. Il en va de la sécurité du royaume, dit-il d'un ton soucieux…

— Ne redoutes-tu pas de mener une cause perdue d'avance, en osant t'affronter au dieu Arawn ?

Rórdán le regarda d'un regard étonné…

— Quel dieu ? Celui-ci est tout comme les autres : il a été créé dans l'unique intention de faire craindre à l'homme la punition divine, s'il ne se soumet pas aux injonctions des druides… Je ne cesserai de pourchasser la sorcière Morrigan, la camériste de son dieu maléfique ; une folle qui puise dans son chaudron toutes les forces sombres qui gîtent dans les entrailles du Sidh, afin de mener à bien son appétence de pouvoir… Mais je suis étonné qu'un Fénnid pose une telle question. Quel est donc ton but, en ce cas ? Et pourquoi avoir consommé tant de lieues si en ton for intérieur tu poses ce genre de matière à s'interroger sur le sort qui t'attend ?…

Une bourrasque s'éleva au-dessus des flèches et des tours du bastion, emportant comme un voleur des amas de feuilles mortes puisés au pied des remparts. Le temps maussade enfonça la chaîne du Cré Dóite dans un sombre fourreau nuageux recouvrant la forteresse à l'allure d'un cheval au galop…

*

La table ronde fut houleuse. Les lieutenants de Rórdán avaient pris place autour de la table du réfectoire du corps de garde, alors qu'à l'opposé s'étaient installés Ruadhán et quelques-uns de ses plus proches acolytes, dont le fameux Finbarr ; un sacré mercenaire au regard tranchant et à la posture un brin arrogant, arborant négligemment ses chausses à même le rebord de table.

Padarec se tourna en direction de Torin, lui signalant d'un mouvement de tête l'esprit désinvolte du plus proche collaborateur de Ruadhán pendant que son chef réclamait à cor et à cri des moyens stratégiques, qu'ils auraient dû obtenir avant d'ouvrir le siège du Claw Fola. Mais ce fut en pure perte, puisque les hommes et le matériel d'assaut avaient succombé sous la charge des monstres antédiluviens…

—…Ces contretemps sont imputables à une mauvaise gestion de votre gouvernement ! brailla-t-il, à se rompre les cordes vocales. J'ai des engagements à honorer, touchant la sécurité de mes soldats… Tu as sous estimé les épreuves auxquelles nous sommes confrontés ! s'égosilla-t-il, en se redressant de son séant et en tapant du poing sur la table. Que proposes-tu pour contrer un ennemi bien plus imposant, comportant des légions d'orques, des gobelins et des nuées de dragons aux ordres de Morrigan… ?

Rórdán resta sans voix. Puis l'un de ses lieutenants – le dénommé Calbhach – lui susurra quelques mots au creux de l'oreille ; le capitaine le regarda, oscillant légèrement la tête en signe d'acquiescement.

— Crois-tu que je sois aussi inconscient pour mener les hommes à leur perte ?

Il déroula la carte de la région ; on y distinguait aisément les crêtes du mont Claw Fola, les massifs boisés, et les cimes du Cré Dóite enclavant le bassin de tourbières et de marais, s'étirant d'est en ouest, un obstacle incontournable pour accéder à la forteresse de Morrigan. Puis expliqua dans le jargon militaire la préparation de l'expédition d'où s'y joindraient les chars de guerre, les balistes, les onagres et les couillards… De la pointe du coutelas il détailla le relief de la plaine, les contraintes liées aux accidents de terrain et la façon d'y faire face, accompagné d'un flegme que Padarec ignorait de sa part, percevant l'agréable mutation de sa personnalité, son assurance l'étonnant, tant son passé n'avait rien de commun avec l'homme sûr de lui, qu'il incarnait à présent… Enfin vint l'instant où la pointe de la dague chemina jusqu'au bastion de Morrigan, esquissé sous forme de traits grossiers sur la peau de mouton ; il en détailla toutes les forces et les faiblesses, les moyens d'accès et le nombre de gobelins, orques et autres farfadets de mauvais augure qui y demeurent, et cela par la grâce de quelques fins éclaireurs, habitués à ce genre de péripéties audacieuses.

—… Le siège devra couvrir l'ensemble de la forteresse, dont l'enceinte est adossée au flanc ouest du mont Fola. Nous devrons agir dans la foulée en positionnant les trébuchets, balistes, échelles de siège et le bélier en vue d'attaquer les remparts dès le début de journée, l'éclat solaire nous étant favorable à ce moment-là, si le temps s'y prête… Des feux de grégeois seront installés et le mangonneau préparé dans la hâte afin de briser l'unique défense de la forteresse. Durant la saison estivale, Calbhach explora un secteur de la base du mont Fola…, tout en se tournant vers son second. Avec l'appui d'une petite équipe d'éclaireurs, il découvrit une brèche naturelle pouvant servir de poterne à la forteresse ; nous profiterons de l'assaut pour introduire une escouade dans la faille. Il regarda fixement Ruadhán. C'est précisément le rôle qui vous sera réservé, afin de constituer un forceps, annihilant tout espoir de fuite de l'ennemi.

— Que fais-tu de l'offensive des dragons ? posa amèrement Ruadhán. Dès notre expédition, la nuée n'hésitera pas à venir harceler le convoi, détruisant et causant la mort autour de nous, sans nous laisser le moindre espoir de fuite, qu'aucun homme de cette campagne n'aura le loisir d'en conter les péripéties à ses petits enfants...

— Déjà, par l'appui des archers, des arbalétriers et des balistes, nous avons esquivé bien des attaques de leurs gueules incendiaires ; nous nous tiendrons donc aux aguets, les arbalétriers seront disposés en deux rangs, protégeant de gauche et de droite la progression du bataillon...

À la nuit tombée, aboutit la réunion, Padarec rejoignant Abhcan à pas feutrés ; le jeune ayant sombré dans un sommeil réparateur depuis fort longtemps...

La semaine qui suivit fut monopolisée à la préparation de la campagne, et bien des heures furent prises pour apprêter le corps expéditionnaire, en vu de toutes les exigences matérielles et stratégiques qu'il faille en pareil cas...

*

Son âme voguait dans les limbes d'Outre-tombe, plongeant dans une nuit ténébreuse d'où cheminaient celles des anciens... Le corps astral de Padarec se retrouva pris au piège d'un limon bitumeux, condamné à subir une mission cathartique...

Son esprit s'immergea sur le champ distendu de l'Autre-monde, discernant dans l'opacité de ces ténèbres sans nom le visage reptilien de Ruadhán, dont ses yeux s'entrouvrirent comme celui d'un saurien. Padarec s'enlisa dans les limbes d'un noir d'obsidienne, observant cette viscosité charbonneuse dévaler l'image sournoise du plus haut dignitaire du Fianna, puis se diffusant – telle une armée de myrmidons –, sur le corps sclérosé du fier chevalier, le claustrant du reste du monde.

L'arrogante Psyché de Padarec sombra dans cette fange visqueuse, sous l'esprit railleur de Ruadhán. Il tendit sa nuque jusqu'à sa démesure, à l'affût du prochain *inspir* ; son âme s'en remettant au sort des dieux, afin que son *anima* éclose à l'aube d'une nouvelle métempsychose…

CHAPITRE DOUZE

Padarec s'éveilla sous le son puissant du carnyx. Le chevalier se redressa de sa couche, le cœur battant chamade et le corps immergé d'une sueur poisseuse. Il pivota sa nuque vers le corps recroquevillé de Abhcan, soigneusement emmitouflé dans son chaud manteau laineux. Puis se rendit jusqu'à l'embrasure de la muraille ; le ciel s'empourprait sous le lever de l'âtre céleste, les lueurs trépidantes des dernières étoiles s'estompant sous son halo érubescent. Aux arêtes des cimes du mont tellurique, des panaches de fumée s'élevaient dans ce jour nouveau : le terrible Arawn s'éveillait d'une sombre torpeur !

Son attention se porta vers une section du chemin de ronde ; sous le panorama époustouflant du massif montagneux, le soldat redressa le fût de son carnyx et souffla dans la trompe, offrant l'éveil des âmes aux rudes chevaliers, dont ce jour était marqué d'une croix blanche sur les annales du Rhyarnon. Le son se répercuta sur l'enceinte du solide bastion des Ducs, emportant l'esprit de Padarec vers de sombres contrées, où le mal châtiait de fragiles mortels par l'intermédiaire des chevaliers-démons… Son regard glissa vers l'étendue de la cour : des hommes d'armes s'activaient en vue d'une opération d'envergure, qu'il faille apprêter les chars, harnacher les chevaux et les mulets, préparer la manutention des deux catapultes, du bélier, du mangonneau, des lourds projectiles et du ravitaillement alimentaire.

Abhcan s'éveilla et vint à sa rencontre, la figure plissée par un sommeil aussi profond que les racines de l'arbre sacré Crann Bethadh.

— Ce grand jour doit interpeller nos consciences, Abhcan. L'armée du roi Maddan le Juste s'apprête pour un grand périple, qu'il mérite d'en graver cet acte de volition dans l'écrin de notre conscience.

Abhcan pivota sa figure rayonnante vers son maître, dessinant un sourire pincé sur ses lèvres frétillantes ; une agitation que Padarec parvint mal à définir. Le monde des hommes entamait une conquête comme jamais il n'en porta ses fruits depuis des lustres, de hauts faits d'armes que les annales de l'histoire ne purent relater, tant les réminiscences d'un passé trouble laissèrent un arrière-goût d'amertume dans l'esprit des grandes dynasties, que la terre eut à porter depuis des décennies.

Ils décidèrent de préparer leur harnachement et de s'apprêter à un long périple afin d'accomplir leur destin, car le temps était compté sur la clepsydre de la tribu de Dana…

*

Vu du ciel, un cordon de myrmidons sillonna la route longeant les tourbières et les marais de la Grande Plaine, les âmes plongées dans une brume opalescente ondulant sous un climat océanique émanant de l'austral… Telle une déité, éclose des nuées voguant sur les hauts courants aériens, un oiseau survolait l'étrange escorte armée, comme une légion de frémillons entamant un siège de la fourmilière rivale, tant la colonie succombait sous le poids de sa démesure. L'huir perçant du faucon troubla l'esprit de Abhcan. Le jeune écuyer empoigna fermement les brides de son roncin, comme un garnement égayé par son nouveau jouet, après avoir succombé à une colère d'enfant gâté. Il dressa la tête vers ce voilier céleste glissant sur les souffles d'un Éole plus chaud qu'à l'accoutumée ; d'un battement d'ailes l'oiseau plongea vers le couchant, en ce lieu où les ombres naissent du feu et de la glace, et s'invitent à déjouer les plans stratégiques des méprisables mortels…

Les chevaliers du Fianna encadraient de leur fière monture la troupe de cinq mille âmes en route vers l'enceinte de la reine Morrigan, sous le regard opalescent d'un soleil blafard ; un halo bleuté exceptionnellement dilaté l'auréolait tel le nimbe ténébreux couronnant le maudit Arawn, le honnit des dieux. Un mauvais présage !

L'étendue d'eau croupie s'étendait sur des hectares, où sphaignes, mousses et plantes herbacées enveloppaient cette terre noire d'une pelisse filandreuse hydrique, qu'elle vaille la peine de la rabattre juste pour en récupérer quelques mottes de tourbe aptes à réchauffer le corps sclérosé des soldats de l'armée. D'ailleurs au fil de l'excursion, Padarec aperçut des dizaines de monticules détrempées, l'eau s'écoulant et se répandant sur cette terre limoneuse. Les sabots des chevaux s'y embourbaient, malgré la voie émergeant de quelques doigts des mares d'eau ; la route sinuait sur des centaines de lieues et rejoignait les flancs basaltiques du mont Fola.

Après quelques heures, la troupe fit halte entre deux longs massifs de genévriers et d'ajoncs ployant leurs tiges sous un léger vent d'austral ; les chevaliers mirent pied à terre. Chacun vaquait à ses occupations, le temps de se remplir la panse d'une maigre ration que le fantassin traînait avec lui, en quelques lieux ou les conflits l'appel. Les chevaliers du Fianna ne se mélangeaient pas au reste du contingent, d'ailleurs leur rôle restait imparti à la protection des fantassins et des servants des engins de siège. Padarec vit Ruadhán parcourir à rebours le fil de sa compagnie, donnant ses ordres d'une voix rocailleuse ; réconfortant le moral à un guerrier ou rabrouant le rossard ayant dupé son voisin, pour lui avoir subtilisé sa ration de repas. Il lui décocha un soufflet magistral ; l'homme tomba à la renverse. Il porta sa main crasseuse vers sa bouche, entaillée par la chevalière de son capitaine, tout en le regardant d'un œil d'effroi.

« Que je ne t'y reprenne pas, sinon tu goûteras à ma ceinture !… et tu iras bouffer les pissenlits par la racine… »

Il lui tourna le dos et s'approcha de Padarec. Abhcan le regarda d'un air paniqué, car le personnage n'était pas d'une humeur à lui faire conter fleurette. Sa silhouette se découpait sur l'éclat nébuleux du jour, le soleil dardant fébrilement sur le zénith du preux capitaine du Fianna comme un symbole hégémonique, que le mercenaire prenait à cœur dans cette gouvernance qui ne semblait prendre fin, car depuis tant d'années il demeurait l'indétrônable représentant de la Communauté du Fianna, bannissant les prétendants *manu militari,* s'ils venaient à douter de malversations dans les différents modes de scrutins… Le chef des mercenaires s'immobilisa un temps devant Abhcan, l'observant d'un sombre regard ; l'écuyer resta tétanisé devant le physique trapu du Fénnid, ce dernier jaugeant l'anatomie filiforme du barde, comme un prédateur évaluant la stature anémiée de sa prochaine proie… Puis il fit quelques pas en direction de Padarec, s'attachant à prendre soin de son coursier.

Ruadhán redressa la tête, fier aventurier ayant trouvé sa voie par le fer et la rhétorique, que bien des hommes de guerre et de hautains bourgeois subirent des camouflets à la hauteur du vil personnage.

— Padarec, je veux que tu prennes en mains la dernière section du Fianna : Dago a quelques ennuis de santé. Il peut tout juste cheminer, et n'est donc plus fiable à diriger cette section. Je veux aussi que tu raffermisses le caractère de ton écuyer, car la Compagnie ne peut pas se permettre d'avoir en ses rangs un homme grêle, même s'il est apte à dresser une arme d'hast…

Padarec vit rouge, sentant monter une colère grondante comme un volcan prêt à exploser, mais une lueur de discernement vint apaiser son irritation.

— Abhcan est un excellent écuyer, et un barde comme jamais au cours de ma vie j'ai eu le privilège d'entendre, sans dénaturer le moindre accord… L'ost ne se résume pas qu'à croiser le fer et envahir les terres de l'ennemi ! résuma-t-il d'un ton orageux. De plus, il m'a sorti d'affaire il y a peu de temps, et si je suis encore de ce monde c'est bien par son audace et son courage que je lui dois la vie.

Ruadhán omit de révéler son opinion sur le tempérament lunaire de Abhcan, juste un regard âpre vint apporter sa pierre d'achoppement à celui de Padarec ; puis l'homme poursuivit son inspection du convoi militaire, jusqu'à l'arrière-garde de l'unité. Puis après un temps, il remonta l'autre flanc en omettant de jeter la moindre attention, lorsqu'il passa en bordure d'où stationnait Padarec.

*

Un jeune fantassin examinait Dago. Le mercenaire était adossé contre les ridelles de la charrette, la mine tiraillée par une douleur fusant de la plante du pied puis remontant le long de la jambe. Padarec s'approcha, accompagné de Abhcan tenant les brides des chevaux.

— Que lui arrive-t-il ? demanda-t-il au jeune druide.

— Je pense qu'il a fait un faux pas et c'est foulé la cheville, répondit-il tout en auscultant le vieux mercenaire, dont une longue barbe grise reposait sur son torse cassé par la station assise, en s'affalant comme une voile aurique dans le caisson de la charrette. Je vais pivoter lentement ton pied, lui dit-il d'un regard bienveillant, et tu me diras si la douleur s'intensifie…

Le vétéran acquiesça du chef, tout en bougonnant déjà aux intentions de ce thérapeute de campagne… Il effectua donc de légères torsions sur l'axe de son pied, l'homme ne ressentit manifestement qu'une lancinante douleur fusant de sa cheville, qui par ailleurs enflait au fil du temps.

— Ce n'est tout bonnement qu'une simple entorse, expliqua-t-il en redressant la tête, les yeux perdus dans ses mèches de cheveux d'un noir d'onyx. Une attelle durant deux à trois jours et tu pourras de nouveau gambader comme un lapin…

— Crois-tu que j'ai encore l'âge pubère pour galoper comme un lapereau ? Donne-moi plutôt un philtre pour apaiser mes élancements, demanda-t-il, d'une voix essoufflée.

L'homme fouilla dans sa bourse et en sortit une fiole d'étranges mixtures.

— Tiens, avale ! tout en lui tendant une poudre issue de sa pharmacopée, qu'il versa dans la gourde du fantassin d'une main moins sûre. Ce n'est que de l'écorce de saule, cela calmera tes douleurs lancinantes.

Il but d'un trait le breuvage d'une saveur astringente, pendant que Padarec lui assura aux bons soins de Diancecht, le dieu-médecin des Tuatha Dé Danann…

Padarec prit donc l'arrière-garde du convoi sous son aile, pendant que Abhcan délogea le fiddle des affaires arrimées sur les flancs du roncin, puis s'assit à côté de Dago et lança des complaintes issues du folklore de la terre de Rhyarnon…

Les hommes se turent et tendirent l'oreille sur cette mélodie, parfois sombre, et de temps à autre empreinte de joie, qu'ils se mirent aussitôt à chanter, leur cœur se haussant d'une ferveur endiablée d'où s'épanchaient leurs fiertés celtiques… Padarec écouta les complaintes de cette mélopée, et contempla ce futur *ambact* : un guerrier fidèle jusqu'à la mort de son maître… La tessiture partait dans les basses lorsqu'il contait les infortunes de valeureux marins pris dans le grain d'une tempête, puis des notes plus enjouées lorsque la flottille revenait à quai, le navire de pêche chargé des fruits de la mer, les femmes observant du seuil de leur maison leurs hommes enjambant l'hiloire, puis vidant le chaland du fret d'une allégresse non contenue…

*

La Compagnie se remit en route, vers une destinée fort orageuse ; les hommes se levèrent et s'apprêtèrent en vue d'affronter les rigueurs du froid et des distances à parcourir dans une lande marécageuse, d'où suintait une eau noire putride exhalant des émanations gazeuses et nauséeuses montant vers un ciel d'un gris anthracite. Ils avaient fait quelques pas que le son puissant du carnyx vint secouer le convoi, provoquant son arrêt subit.

Au-dessus de la ligne de crêtes du mont Fola, dont les fumerolles de la bouche du volcan frémissaient sur les courants aériens, deux dragons planaient vers un but commun : annihiler le corps de troupe d'exhalaisons embrasées !…

CHAPITRE TREIZE

Le plus proche des monstres évacuait des fumerolles noires crachant par sa queue, le corps se parant d'un cuir d'où émergeaient des ailes membraneuses, comme des chauves-souris énormes émergeant dès la nuit tombée de leur antre. Des membres épais et rétrécis supportaient son corps difforme, dont la rigidité de sa voilure ne semblait inquiéter l'armée du roi Maddan. Quant au second, il bifurqua et forma une large courbe afin de former une tenaille à eux deux et causer bien des tourments au convoi…

Rórdán tonna ses ordres : les archers et les arbalétriers se mirent en position, malgré le peu d'envergure que la voie disposait. Il en fut de même de quelques dizaines de chevaliers du Fianna possédant un arc, et se préparant à recevoir avec une ardeur enfiévrée, ces vils monstres sourdant d'Outre-tombe…

L'ombre du premier dragon glissa sur la colonne des preux chevaliers et des vigoureux fantassins, où les étendards, bannières et gonfanons pliaient sous l'assaut d'un vent démoniaque issu de son vol pesant ; un crépuscule éphémère recouvrit les heaumes, les hampes et les machines de guerre tirées par les chevaux d'artillerie – de puissants Carrossiers noirs et de robustes Percherons – dont leurs yeux devinrent globuleux à la vue de ces géants des airs. Pendant que le premier monstre redescendit la colonne, créant la frayeur au sein de l'ost, le second parvint après un décrochement fluide et puissant à se retrouver nez à nez avec la tête du convoi.

La gueule du dragon s'ouvrit comme mue par un mécanisme habile, que Padarec vint à s'interroger sur l'authenticité anatomique de cette sombre créature. Mais l'heure n'étant ni à la réflexion ni à la philosophie, il donna ses instructions à Abhcan en lui ordonnant de porter son écu au-dessus de sa tête frêle, tout en calmant son roncin devant l'assaut *illico* du plus grand des prédateurs que le Rhyarnon eût enfanté.

En sustentation dans les airs, le monstre se dirigea gueule ouverte vers la tête du convoi, pulsant de son ramage rocailleux non un grondement de colère, mais une torche aussi grande que les tours du château des Ducs. Les hommes de tête prirent peur et une grande majorité fuirent puis sombrèrent dans les marais attenants à l'unique voie menant au fort de Morrigan. Pendant cela, à la queue du convoi, Padarec vit la première des créatures refluer vers lui, ayant pris soin de faire une boucle dans les airs saturés de soufre et cracher son venin incandescent, grillant au passage la végétation déjà bien appauvrie par la rudesse du temps. Les archers et les arbalétriers lancèrent leurs traits ; flèches et carreaux sifflaient en direction du terrible animal, dont sa panse se paraît d'une étrange morphologie que seul Padarec en semblait fort intrigué. Dans sa circonvolution reptilienne et aérienne, il déclencha sa fureur, projetant ses salves brûlantes sur la terre froide de la lande, alors que les carreaux montaient à l'assaut de ce corps massif, effleurant d'une langue écarlate sa lourde bedaine. Hélas, rien n'y fit : leurs jets ne firent qu'érafler le terrible prédateur.

*

Un éclair de conscience perturba le chevalier du Rhyarnon, qu'en un instant il héla un arbalétrier et lui demanda de le suivre dans sa pérégrination… Dans la confusion de l'attaque ils se dirigèrent vers la charrette d'où se reposait Dago, lui subtilisant quelques haillons de ses braies que le jeune druide avait arrachés afin de panser ses plaies, puis émergèrent de la file du convoi sous les souffles brûlants sortant du dragon. Padarec se pencha vers un bosquet ayant pris feu, tout en recouvrant dans la foulée le carreau du chiffon, qu'il plongea dans les braises du bosquet. Il tendit le jet au preux mercenaire formé à cet engin de guerre, puis visa la queue du sombre animal et tira ; la flèche pivota sur elle-même tout en se dirigeant d'un trait puissant et rapide jusqu'à la base de sa gouverne, créée à partir d'étranges matériaux que Padarec pensait ne sortir d'aucun œuf de cet animal millénaire…

Était-il le seul homme sur cette terre à percevoir la sournoiserie d'occultes ingénieurs s'estomper aux regards des hommes ?…

…Le carreau s'enficha dans la queue, et provoqua un brasier remontant jusqu'au corps figé, mais non moins rapide du dragon… Ce serpent des airs s'enflamma, vira soudainement de bord pour aller s'écraser quelque cent pas plus loin sur un massif de bosquets. De hautes flammes léchèrent le ciel rubescent, comme un halo flamboyant ; deux petits êtres dévorés par une torchère sortirent de son ventre, se débattant et hurlant avant de succomber sous les regards d'effroi de l'armée. Les hommes d'arme comprirent le subterfuge et s'enquérir de quelques braises afin d'honorer leurs flèches et carreaux, puis affrontèrent les rugissantes attaques de la seconde créature ayant déjà causé tant de morts parmi l'ost, dont plusieurs hommes périrent sous l'assaut de sa gueule enflammée. Ils parvinrent à mettre fin à cet affront en fichant dans la chair rude de ce prédateur un bouquet de flèches enflammées, savamment orchestré depuis le sol par leur puissance de jet…

De retour auprès de la charrette, Padarec fut acclamé par les soldats, qu'ils soient issus de l'ost ou du mercenariat. Son écuyer fut fier d'avoir trouvé en l'ombre de son chevalier, un héros au fier panache que l'on pouvait péniblement trouver dans la botte de foin d'une quelconque armée… Dago se leva et planta ses pieds plantureux sur le sol se desséchant sous quelques rais d'un soleil timide, et le félicita, mais une douleur fusa comme le pique d'une hallebarde et revint lui rappeler qu'il ne devait pas se soustraire au repos, s'il voulait recouvrer l'usage de ses jambes. Ils en rirent de bon cœur de cette épreuve de guerre, tant la joie exultait des frères d'arme, qu'ils en oublièrent cette retenue martiale que chaque soldat est en charge à manifester en toutes circonstances. Rórdán, accompagné du vaguemestre Torin, vint à sa rencontre et félicita chaudement le mercenaire et l'arbalétrier.

— L'un de mes lieutenants m'a avisé de ton audace et de cette subtile conscience qui nous fait tant défaut, émit-il en secouant sa face épaisse en signe de complicité. Je me réjouis que nous ayons pu déjouer les forces de Morrigan, cela aurait précipité l'ost vers une sombre destinée…

Une brise survint à l'improviste, celle de l'arrivée impromptue de Ruadhán et de l'un de ses lieutenants, le dénommé Finbarr, toujours à ses côtés afin de mener à bien sa politique fédérative conduite par d'austères brides. Et Finbarr connaissait des moyens non policés d'exclure du clan le quelconque Fénnid prétendant bouleverser le pacte fédératif du Fianna, qu'il avait sournoisement modifié et ancré dans les registres du Fianna, il y a de cela bien des années…

Padarec et Rórdán remarquèrent que les deux mercenaires débarquaient de l'aéronef s'étant écrasé à quelques pas de leur position, les mains noircies par une suie tenace.

— Comment se fait-il que vous ne soyez pas à votre poste de commandement, Monsieur Ruadhán ?

Le chef du Fianna ouvrit de grands yeux globuleux, le regard noir d'une colère sourdant du nid d'un serpent, à qui l'on a troublé sa léthargie.

— Je voulais avoir connaissance de cette étrange nef céleste et de ses étranges occupants… Mais ces petits humains sont morts calcinés et le vaisseau est bien trop endommagé pour examiner sa carcasse et en copier sa structure ; elle aurait pu nous permettre d'en savoir plus sur sa conception… Et de toute façon je ne suis pas à votre botte ! Je suis un mercenaire, que vous devez accueillir avec panache en ce lieu maudit, qu'aucun homme de l'ost ne pourrait traverser sans l'assistance de la Compagnie du Fianna ! Monsieur Rórdán…

Puis il s'éloigna, le regard sombre et la mine austère, afin de rejoindre la tête du convoi, accompagné de son fidèle lieutenant tournant un regard froid vers Padarec, tout en marchant d'un pas sûr et hautain…

Abhcan revint en courant vers son maître, lui aussi fut sur les restes du drame ; celui du second dragon s'étant échoué en amont du convoi, et s'étant broyé à même le bas-côté de la voie, dans une combustion à faire pâlir le dieu forgeron Goibniu. Il regarda le visage figé de Padarec observant du coin de l'œil l'allure pressée de Ruadhán, mais ne dit mot sur cette petite excursion qu'il fit vers le vaisseau, dont il récupéra sur l'un des nains une amulette nichant dans le creux de sa main…

Le convoi reprit sa route, laissant derrière lui deux fumerolles comme preuves d'un affrontement, d'où une dizaine d'hommes de l'ost y perdit la vie, sans qu'aucune sépulture puisse honorer leurs faits et gestes de guerre, car l'histoire des hommes est exclusivement orale et demeure ainsi tant que de passionnés conteurs puisent dans la mémoire des hommes les hauts faits d'armes de leurs ancêtres…

Durant le trajet, Abhcan profitait de sa position au sein de la file du Fianna, afin de jeter de temps à autre un œil scrutateur sur l'amulette posée contre son torse ; l'effigie d'un oiseau – sûrement un corbeau, vu sa représentation imagière – offrait à son regard son relief ciselé de mains expertes. Devant, Padarec chevauchait vers sa destinée, contemplant le paysage se dessinant au fil de la pérégrination… Le trajet demanda deux bons jours avant d'accéder aux abords des premiers contreforts rocheux du mont Fola ; la voie s'étant élargie, la lande laissait place à présent à des bosses et des creux, des vallons s'enorgueillissant de posséder une végétation bien plus luxuriante mais sombre, car les épicéas semblaient comme pétrifiés par un terrible maléfice, que leurs frondaisons avaient perdu toutes leurs épines, leurs ramures s'étendant comme des milliers de doigts griffus vers un sol d'où grimpaient des massifs de fougères.

*

L'ost atteignit un promontoire. Le panorama fabuleux des flancs du mont Claw Fola émergea à leur vue ; la montagne se paraît d'un manteau neigeux, la cime emmitouflée d'une étole de nuages et laissant paraître des fumerolles s'extrayant de sa gueule comme l'haleine grisâtre d'un vieux dragon, rompu à l'effort mais dorénavant hibernant dans sa tanière, à l'abri des chétifs mortels. Mais ce n'était qu'une vue partielle que les soldats entrevoyaient de leur position, car dans l'ombre du volcan s'y adossait la forteresse de la ténébreuse Morrigan dans sa plus flamboyante noirceur, bâtie dans la plus sombre des roches basaltiques que l'on se poserait des questions sur sa conception : était-elle humaine ou créée par des démons ? Des tours et des donjons s'y dressaient en fiers éperons offrant une vision d'effroi et de puissance qu'aucun bastion de Rhyarnon ne pouvait en jauger sa puissance, tant sa sombre aura n'avait d'équivalent en ce monde brutal. De hautes flèches hissant leurs étendards affichaient leur blason : « Un corvidé noir sur un champ rouge grenat. »

Une nuée d'oiseaux d'un plumage bistre survolait la fortification, ajoutant une image encore plus lugubre émanant du panorama.

Abhcan toucha instinctivement le médaillon suspendu à son cou ; une radiance palpita en son centre, bruissant à l'unisson sur les battements cycliques de son cœur…

CHAPITRE QUATORZE

L'armée établit son camp sur l'herbage tapissant l'entrée du sinistre château ; les hommes se mirent à leurs labeurs, dressant les tentes et les abris de branchages, préparant le repas par l'appui de l'intendance. Sans compter l'eau et le bois à aller quérir près d'un cours d'eau dont son chant cristallin éveillait le cœur des hommes, hélas en ce lieu maudit qu'il faille se dépêcher afin de ne croiser un leprechaun, ou un troll bien plus virulent émergeant d'une trouée d'un buisson ou du bois d'à-côté… Tout cela menait à l'intendant Torin bien des heures d'activité à surveiller et à donner des ordres afin que la logistique s'effectue sans la moindre anicroche… Puis furent montées les machines de guerre, les échelles de siège et le bélier par les servants et les cordiers… La journée se passa sans qu'aucune ombre vînt contrecarrer les préparations menant à l'offensive, exceptées celles de hauts panaches de cendre émergeant du ventre du Fola, s'étirant sur un ciel anthracite comme le linceul grisâtre du dieu Ankou, le collecteur d'âmes.

*

Rórdán observait la citadelle semblant imprenable ; l'éclat solaire inondait à présent sa surface rugueuse, offrant des éclats scintillants par endroits et des crevasses profondes, où l'ombre s'invitait à d'autres.

— Il faudra positionner le mangonneau à quelque cent pas de la cible, tout en jetant un regard rapide vers Calbahch…

— N'est-il pas risqué de placer la fronde si proche de l'enceinte ? demanda Padarec.

— Nous n'aurons que peu de temps pour mener à bien d'autres sièges de cette envergure… Nous devons placer nos cartes majeures en des endroits stratégiques, même s'il nous coûte de perdre, hélas, des hommes ou du matériel. D'ailleurs, je veux que l'on positionne une partie des fantassins et quelques mercenaires aux abords des machines afin de les protéger. Surtout des arbalétriers et des archers.

Quant à Ruadhán, il regardait la sombre bâtisse d'un œil éteint, son regard semblant plonger vers un horizon énigmatique que celui qui s'offrait à sa vue. Son plus proche officier lui susurra quelques mots au creux de l'oreille, et seul Padarec d'un simple mouvement rapide de la tête observa cette discussion officieuse se dérouler dans l'antre de la duplicité, qu'à aucun instant les autres personnalités de ce symposium militaire n'en furent averties ou incommodées par les raisons occultes que les deux hommes discoururent durant un laps de temps…

Mais pour l'instant, nulle âme semblait se manifester sur le chemin de ronde faisant front à l'immense plaine, seule demeurait une colonie de corbeaux corailler au faîte de la forteresse, le pan du mont Fola répercutant leurs cris assourdissants, comme un appel de détresse à la ténébreuse Morrigan, à savoir que le roi Maddan le Juste avait dépêché un bataillon afin de mettre un terme aux exactions de la ténébreuse prêtresse, du maudit Arawn…

La froidure du vent s'invita sur les cheveux du capitaine, décoiffant un front haut où des cicatrices y avaient élu domicile suite à une incartade qu'il n'oubliera jamais : c'était il y a de cela quasiment deux ans, dans un bourg situé à deux lieues de la cité de Taknit, où il fut pris à partie par une bande d'individus lui faisant part de leur mécontentement concernant l'arrestation de l'un des leurs, et menant une expédition punitive à l'encontre de Rórdán… Il dut sa chance d'échapper à un lynchage par la grâce providentielle d'une patrouille de soldats, alors en position dans la bourgade pour des conflits d'intérêts entre deux communautés celtes. Désormais il en rit de cette mésaventure, sachant pertinemment que l'on retrouva quelques jours plus tard la bande de gredins pendue par les pieds, et sauvagement flagellée dans l'arrière-cour d'un tripot, réputé pour sa clientèle malfamée…

Rórdán redressa sa tête vers les nuées ; elles filaient vers le ponant, poussées par des courants aériens s'intensifiant au fil de la progression de l'âtre solaire, même si ce dernier se cachait sous un moutonnement nuageux aussi épais que l'enclume de Goibniu, le dieu forgeron.

*

Hors de la tente de Rórdán, les nuages occultaient le ciel du Rhyarnon, enveloppant les terres d'un sombre manteau, où seules les flammes des feux de camp offraient l'allégorie d'une constellation du dieu de la guerre. Le crépitement des flammes contenues dans le brasero invitait au recueillement et à la réflexion, et cela n'était non sans une certaine inquiétude que le temps avançait et que de nombreux points divergeaient sur le protocole à tenir afin de mettre en branle le siège du château fort. Les officiers de Rórdán et ceux de Ruadhán se crêpaient le chignon sur leur position respective, et ce n'est pas les plans foireux qui pouvaient faire progresser la machine de guerre, à se demander comment on pourrait avancer les pions sans compromettre la sécurité de l'ost, en pareille circonstance.

Le ton furibond de Ruadhán tonna jusqu'à l'extérieur de la tente, que les hommes de faction se fixaient d'un regard interloqué et se demandaient si leurs lieutenants n'allaient pas en venir au pugilat, qu'ils étaient en devoir de remettre de l'ordre au sein de l'état-major.

— Je n'ai pas fait déplacer mes hommes pour, aujourd'hui, t'entendre dire qu'il faille répartir mes mercenaires au bon vouloir d'un lever de soleil ! hurla-t-il devant la figure de marbre de Rórdán. Il y a quelques semaines, j'ai parcouru l'antre de ce maudit volcan à la sueur de mon front et aux risques d'être localisé par une escouade de chevaliers-démons... Et c'est bien toi qui as soutenu cette action, qui nous a demandé tant d'efforts à déployer pour s'introduire dans les entrailles de cette foutue montagne...

Rórdán dressa au-dessus de sa tête une missive, dont s'y estampillait le sceau royal du roi Maddan, aux armoiries de sa dynastie.

— Cela n'est plus d'actualité, rétorqua Rórdán. Notre souverain décide qu'il faille maintenir une pression soutenue sur la forteresse... jusqu'à ce qu'elle cède.

— Nous arrivons dans la saison hivernale, pourquoi avoir tant tardé à déplacer nos pions ? alors que l'automne aurait suffi à mener une expédition sereine, évitant aux hommes et aux animaux les affres d'un hiver vigoureux.

Un servant fit le tour de l'assemblée placée sur un tapis grossier, mais assez dense pour y poser ses fesses, et livra à Rórdán sa gourde ; il inclina la tête et offrit sa bouche à la giclée d'hypocras pénétrant dans sa gorge asséchée de tant de palabres, s'essuya d'un revers de manche et passa le contenant à Ruadhán.

— Parce que les chevaliers-démons se terrent en saison hivernale, et que notre souverain se veut rassurant sur la suite des opérations militaires, mais de ça, je n'en dirai mot car j'ai des informations confidentielles qui m'incombent...

— Un secret d'État ? Et qu'elle en est la teneur ? rajouta Ruadhán en passant la gourde à Padarec qui aussitôt la passa à son voisin...

— Je te l'ai déjà dit ! s'exclama le capitaine : je ne peux pour l'instant t'en dire plus. Mais ne t'inquiète pas pour la suite des opérations, tu auras connaissance des faits lorsque le temps viendra...

Le vent ployait les feux de camp et les flammes des braseros, pendant que la nuit enveloppait son drap ténébreux sur les terres du Rhyarnon. Soudain, un tremblement de terre modéré vint troubler la quiétude des mortels ; les hommes sortirent précipitamment des tentes, et les soldats ayant déjà pris leur faction s'extrayaient de leurs huttes et de leurs abris toilés, le mental à demi plongé dans un état léthargique. Les chefs sortirent de la hutte, le regard noyé dans une nuit sans lune.

Le séisme ne dura que quelques gouttes de clepsydre, mais fournit une belle frayeur aux hommes, et aux montures qu'il faille aller les récupérer à la lueur d'une torche…

Abhcan se tint debout, les jambes encore flageolantes.

« Le dieu Arawn vient de se réveiller », déclara-il d'une voix pincée, alors que Padarec venait tout juste de revenir du symposium.

Quelques menus dégâts furent à déplorer, mais rien de bien méchant si ce n'est qu'il faille remettre de l'ordre durant une partie de la nuit…

*

La pluie tambourinait sur la toile de tente, n'empêchant nullement Padarec de sommeiller comme un ours plongé dans une torpeur hivernale, qu'il faudrait faire un boucan de tous les diables pour parvenir à le réveiller, alors que l'esprit de Abhcan vagabondait en des mondes glauques et lugubres glissant dans le labyrinthe de son mental, d'où germaient des chimères sur le fil rouge de son odyssée… Des images chaotiques s'enchaînaient l'une à l'autre, avec autant de sournoiserie qu'il faille par se demander si ces songes possédaient d'occultes intentions délétères, afin de rendre son âme aussi poreuse qu'une éponge… Pourtant il n'y avait aucun homme pour discerner dans le velours de la nuit, la tête du jeune barde osciller comme un balancier alors que tout son être était plongé dans les bras de Morphée, mais bel et bien de sombres esprits du monde des morts venus le tirailler, afin d'éprouver sa vaillance dans l'antre du mont Fola…

Inconsciemment, ou par des suggestions occultes que nulle

âme ne peut discerner, sa main vint effleurer puis recouvrir le colifichet pressé contre son torse ; bien qu'inconscient, son esprit était plongé dans un périple où lui seul en était l'acteur et le spectateur, auditeur irraisonné du bourdonnement du bodhrán émergeant du médaillon. Et son cœur faisait écho à cette musique sourdant des entrailles de l'insigne allégorique de Morrigan, rythmant à l'unisson le mouvement cadencé de ce sombre tambour, indiscernable aux oreilles des mortels. Puis, le tempo s'intensifia, les pulsations cardiaques allant d'*adagio* vers *presto,* dans une fréquence devenant intenable pour le nerf cardiaque…

Dans l'opacité de la nuit, Abhcan se réveilla en sursaut et se redressa soudainement, le corps en sueur et le cœur emballé par une course effrénée dans la noirceur de son âme…

CHAPITRE QUINZE

Les servants s'attelaient à monter le mangonneau et à préparer les feux grégeois, à quelque cent pas du bastion de Morrigan. Hélas le temps pluvieux n'arrangeait pas les affaires, car les engins et les chariots destinés à déployer l'arsenal militaire s'embourbaient en chemin, les hommes et les chevaux endurant une course contre la montre à faire céder bien des ardeurs qu'aucun fantassin en ce monde ne supportera, sans la vision à venir d'une bonne solde apte à réconforter les cœurs et la bourse…

Sous une averse diluvienne, Rórdán et Torin observèrent l'évolution de la mise en branle des armes de traits, comme le mangonneau, le couillard et les pierrières… ainsi que le déploiement des fantassins, et des mercenaires dont Ruadhán en avait la charge ; la mine sombre, l'aventurier se frottait à la nouvelle procédure stratégique que le roi du Rhyarnon avait demandée, mais que notre mercenaire se contentait d'exécuter de mauvais cœur.

— Mochán ! Je t'ai déjà dit de déployer cette unité en amont du mangonneau… Nous avons ordre de protéger l'engin et les servants, et je ne veux pas me frotter une énième fois à rendre des comptes à Rórdán parce que mes hommes n'écoutent pas mes ordres !

Le maussade Finbarr surgit à l'instant, s'ébrouant la tête comme un chien fou, sous un déluge inondant la plaine du Fola.

Il regarda le profil lugubre de son chef, un filet d'eau s'écoulant du menton.

— Tu as préparé le travail que je t'ai demandé ? lui

demanda Ruadhán, sans prendre le soin de tourner la tête vers son lieutenant.

Finbarr pinça ses lèvres, tout en regardant les servants finir de monter le mangonneau. Un des hommes glissa dans la boue, ce qui fit sourire le subalterne.

— Oui, mais les hommes s'inquiètent du préjudice, si l'issue de la campagne ne s'annonce pas comme prévu…

Une volée de brise sournoise vint ébouriffer la face du chef du Fianna, mais ne fit aucun effet sur son caractère, endurci par des années de fastes guerrières. Finalement il le regarda dans les yeux, le regard sombre comme celui d'un troll.

— Qu'ils pensent à leur âme et leur corps, car le châtiment sera terrible s'ils choisissent le mauvais camp !…

Un silence pesant s'installa entre les deux hommes… Padarec jaillit comme un cheveu sur la soupe dans cette conversation feutrée, que les deux mercenaires bifurquèrent leur causerie vers d'autres préoccupations du moment. Ruadhán tourna son regard vers la silhouette athlétique de Padarec ; un éclair bleuté nimba le corps massif du chevalier Fénnid, puis l'orage calma ses ardeurs, abandonnant aussitôt un sol détrempé dans sa soupe jaunâtre, aux souffles glacés d'une brise insidieuse.

— Enfin, le temps sera-t-il de notre partie ? fit tout haut Ruadhán. Comment progresse ta section ? demanda-t-il à Padarec.

— Les hommes se sont positionnés suivant tes ordres. Mais Rórdán estime que l'arrière-garde de l'ost n'est pas assez couverte en cas de revers, nous laissant à la merci de l'étau ennemi.

— Que croit-il ? S'il veut une couverture plus sûre, que son maître avance une trésorerie conséquente. On ne fait pas de nouveaux vêtements avec des oripeaux ! fulmina-t-il…

*

Le soleil déclinait sur l'horizon, étirant les ombres des

soldats ; l'écu solaire allait quérir vers le mont Fola une inassouvissable liqueur animique, permettant d'affronter des jours sinistres… Abhcan brossait les chevaux, pendant que Padarec affûtait ses armes puis s'attacha à rénover le haubert dont quelques mailles avaient sauté, observant d'un œil discret les palabres de Ruadhán avec quelques mercenaires que le chevalier ne portait point dans son cœur, tant ces hommes avaient fortes mauvaises réputations au sein du Fianna.

Les hommes de l'ost se préparaient à endurer de terribles combats : pour les chevaliers du Fianna peaufinant leurs armures et les protections de leurs cavales, et pour le restant de l'armée du roi Maddan assurant sa suprématie par la grâce des armes de traits, dont le mangonneau en était la pièce maîtresse. Des heures à passer pour monter les machines de guerre, lustrer et harnacher les chevaux, graisser les pièces des arbalètes et autres armes de jets, tout cela demandant à tenir une position de siège quasi impénétrable par l'ennemi, mais ayant le privilège d'avoir accompli l'exploit à faire front au bastion de la sorcière blanche Morrigan.

Dago – le malheureux mercenaire blessé à la cheville – débarqua devant la position de Padarec. Le vieux combattant usait d'un bâton pour avancer d'un pas hésitant ; la douleur sourdant encore de sa cheville comme un serpent rampant le long de sa jambe. Cela ne l'empêchait nullement de sourire, ses lèvres pâteuses et fripées s'étirant dans un rictus gouverné par une douleur lancinante, qu'il essayait de dissimuler aux yeux du chevalier.

Il s'approcha de Abhcan, toujours à choyer le destrier de son maître.

— Voilà un bon garçon… dit-il en posant sa grosse paluche sur la chétive épaule de Abhcan. Il me fait penser à l'un de mes fils, mais hélas il n'écoutait jamais mes conseils, et quitta assez tôt le cocon familial pour aller chercher l'aventure par monts et par vaux…

Abhcan émit un sourire radieux, jetant un regard brillant vers Padarec.

— Oui. Encore faut-il que celui-ci ne s'entête pas comme un jeune mulet, toujours à freiner des quatre fers dès qu'il n'approuve pas les tâches que je lui assigne…

Abhcan fit grise mine et continua à brosser le cheval comme s'il n'avait rien entendu, pendant que Padarec détailla la silhouette du vétéran.

— Tu devrais te reposer. Je ne donne pas cher de ta peau si tu t'obstines à ne pas suivre les recommandations du jeune druide.

— Bah ! il n'était pas encore dans les bourses de son père que j'avais déjà mille blessures de guerre derrière moi…, s'exclama-t-il d'un air altier. C'est pas lui qui va me dire comment diriger ma vie.

Sur ces mots une douleur fusa dans sa jambe ; il fit une grimace barrant son visage, raviné par tant d'années de vie qu'il en oublia le nombre, s'accrochant au bâton comme un marin au mât d'une coquille de noix bousculée par la tempête.

Padarec s'esclaffa, et Abhcan ne put s'empêcher de pouffer, dissimulé par l'encolure de la noble monture de l'homme.

— Et que devint ton fils ? A-t-il au moins recouvré la raison ?

— Que nenni ! j'ai dû parcourir cinquante lieues, allant repêcher ce vaurien dans un cachot du comté d'à-côté : il avait chapardé une pomme à une vieille. Je l'ai ramené *illico* à la maison, à coups de bâton afin qu'il assimile les bonnes manières que je lui avais pourtant inculquées dans sa prime enfance…

Il regarda Abhcan émerger de l'arrière du flanc massif du cheval.

— Maintenant il dirige une équipe de charpentiers dans le nord du pays.

*

L'homme conservait sa capuche recouvrant des traits

anguleux, que seul Ruadhán pouvait en apprécier les contours disgracieux dans la pénombre du soir glissant sur les terres du Rhyarnon. Ils s'entretinrent sous le couvert d'un gros chêne, les branches effleurant l'orée du bois environnant.

— Dès le début du siège, tu suivras les recommandations et les consignes de Finbarr, dit-il d'une voix ténue. Padarec et son valet seront du trajet… Je te laisse « carte blanche » pour employer les moyens appropriés à ce genre de travail, déclara-t-il. Je pense que tu comprends de quoi je parle ! Il lui tendit un objet, une chevalière que l'autre homme glissa dans son annulaire. N'oublie pas de la présenter à l'entité que tu vas rencontrer, si tu veux préserver ta vie, et celles de mes hommes.

L'homme inclina la tête en signe d'acquiescement et repartit s'immerger entre les tentes en prenant soin de se fondre dans la demi-obscurité, sans être remarqué par les gardes de faction. Il pénétra tout juste dans l'abri de Rórdán, qu'un grand criaillement vint perturber le calme apparent siégeant sur le campement… L'homme rabattit le capuchon de son chaperon, permettant de découvrir le visage émacié et bourgeonneux de Calbhach feindre une ennuyeuse léthargie en ce lieu.

Un corps de trompes raviva les consciences, les hommes s'étant repus d'un sommaire repas de campagne ; les guerriers aux abois prirent leurs armes et se parèrent de casques en vue d'une attaque soudaine du campement… Padarec, Abhcan et Dago tendirent leur regard vers le sombre flanc du Cré Fola, dont ils ne décelaient qu'une horrible jérémiade de sons criards provenant de la forteresse. Ruadhán accourut vers le front de la base, alors que Rórdán campait déjà ses deux jambes robustes dans la prairie, détrempée par les averses successives. Le chef des mercenaires apparut à côté de Rórdán et des deux joueurs de carnyx, dont les trompes s'ornaient de becs béants, issus d'un oiseau fabuleux.

— Que se passe-t-il ? demanda le mercenaire, tout en observant une scène étonnante, s'étalant au-dessus des tours du fort de Morrigan. Le capitaine de la troupe armée ne disait mot, car les images parlaient d'elles-mêmes…

Tel un nuage de frelons, une nuée de freux survolaient la forteresse, leurs cris résonnants comme une horde de sorcières. Rórdán remarqua une silhouette émergeant du haut du donjon. Elle tenait une torche dans une de ses mains, faisant virevolter la flamme dans l'air froid du crépuscule naissant.

« Morrigan ! » s'exclama Ruadhán.

— La sorcière blanche… Peut-être vient-elle nous narguer, et sait-elle déjà que son destin frappe désormais à sa porte. Regarde ! elle semble organiser une chorégraphie à ses oiseaux maléfiques.

Effectivement, elle s'aidait de sa torche afin de faire évoluer la nuée de volatiles dans un ballet céleste, sa chevelure flamboyant sous la lueur du brandon. Les cris stridents des corvidés s'amplifiaient, inondant le ciel de ce tumulte atroce, qu'il faille se boucher les oreilles afin de ne pas en devenir fou. La nuée de freux se dilata, coiffant la forteresse et la sorcière blanche de leurs ailes sombres et vibrantes. Puis elle brandit la flamme vacillante sous l'allure alerte de son bras tendu vers le siège armé, dans un cri inhumain que tout le régiment semblait pris d'effroi, observant une scène qui allait ranimer leurs regards éteints et leur corps atones : les volatiles s'élancèrent vers le corps armé, craillant comme des mégères dans la pénombre du ciel. Ils survolèrent les guerriers, les destriers et les chars de guerre, poussant leurs cris dans une cacophonie à rendre les hommes et les bêtes terrorisés, des guerriers s'égarant devant la nuée recouvrant le ciel devenu un linceul d'onyx. C'est à coups de bec et de serres qu'ils s'aventurèrent sur les courroies du mangonneau, les servants bandant leurs épées et leurs lances afin de les repousser… Mais rien n'y fit, car les sombres volatiles s'en prirent à eux et aux soldats qui voulaient en découdre, donnant des coups de serres crochues et causant des blessures sur les têtes des malheureux guerriers, que nombre d'entre eux finirent par s'enfuir en se protégeant la tête de leurs deux bras. Les chevaux commençaient à s'énerver, hennissant et montrant leurs jambes à risquer de blesser les hommes. Il en fut de même de Abhcan protégeant et calmant le roncin, pendant que Padarec apaisait son destrier avec toute la ferveur qu'on lui connaissait, quand il s'agissait de sa noble monture. Padarec eut un sursaut, car son imaginaire vint lui révéler une astuce forcément lumineuse : il tendit la courroie du cheval à Abhcan et courut en rameutant quelques hommes dont le vieux Dago. Ils s'élancèrent vers les feux grégeois placés tout près du mangonneau et y plongèrent les lances emmaillotées de chiffons. Armés de ces brandons fantaisistes ils fouettèrent l'air, espérant faire décamper ces maudits corvidés. Au début, cela fonctionnait car des hommes du Fianna comme ceux de l'ost vinrent à leur secours et firent de même, mais après un certain temps, les horribles freux revinrent à la charge sur une armée en déroute, forcément épuisée.

L'espoir de parvenir à terrasser ces étranges volatiles s'amenuisait, et pourtant combien d'hommes se risquaient à les repousser, parvenant à en exterminer un nombre assez conséquent, qu'il fallait, hélas, s'en remettre à la raison du plus fort… Car la nature dispose *aussi* de sa puissante armée, sauvage et rebelle.

Sous l'œil sanguinolent d'un soleil couchant, un essaim parcouru l'éther et se dirigea d'un vol silencieux vers cette lutte entre l'homme et l'animal ; cette grappe d'étranges volatiles progressait sur un ciel empourpré, survolant la steppe comme une immense voile céleste. La colonie d'oiseaux révéla ses formes à l'orée du camp : la nuée de faucons fondit en piqué sur celle des freux, agrippant de leurs serres affûtés comme des dagues ces ignobles corvidés. Un combat s'engagea. Des plumes flottèrent au vent, comme une averse de flocons de neige d'un noir-bleuté métallique souillant l'éther du déclin du jour… Les corps des freux, dépouillés de leur sombre plumage, chutèrent sur une terre boueuse ou sur quelques guerriers apparemment interloqués par ces libérateurs descendus du ciel comme par miracle. Les corvidés tombèrent comme une averse attendue lors de grandes sécheresses. Les hommes levèrent la tête, contemplant d'un œil ébahi ce combat aérien d'où luttaient deux espèces volatiles, pour une suprématie céleste que seuls les dieux en connaissent le dénouement… Mais il n'était nul besoin en cet instant de statuer sur laquelle des deux nuées allaient remporter la victoire, car le terme de l'affrontement était sans conteste celui des rapaces ayant fondu en piqué sur leurs proies bien plus fragile et lent dans leurs mouvements.

     La bataille prit fin, les rapaces achevant la plupart des corvidés, plusieurs d'entre eux parvenant à s'enfuir à tire-d'aile, rejoindre le bastion de Morrigan d'où la dame s'était éclipsée du donjon. Quant aux faucons, ils se rassemblèrent sous leurs cris d'alarme et s'éloignèrent à coups d'ailes rapides vers l'orient, dont les premières étoiles vibraient à l'unisson sur le velours du ciel. Cependant l'un d'entre eux, le dernier de la nuée, céda à cet appel du grand espace et revint à tire-d'aile frôler la chevelure de Abhcan puis, accompagné de son cri il fonça vers le flanc du mont Claw Fola, son image allant se fondre dans les tons d'ébène de la roche magmatique…

     Le regard du barde étincelait d'une douce lueur diaphane, observant le point insignifiant sombrer dans le néant…

CHAPITRE SEIZE

Une brise sournoise excitait les montures, leurs naseaux émergeant une exhalaison nébuleuse tourbillonnant dans un ciel encore sous le joug de la nuit ; l'ost patientait, paré de heaumes, d'armures, d'épées, de piques, de lances, de hallebardes, de haches et de carquois. À l'avant, la formation de guerriers formait une muraille humaine, et sur le pourtour la Compagnie du Fianna protégeait les troupes à pieds, retenant leur destrier excité par l'odeur du combat et de la mort. Le siège allait s'entamer, endurant de longues heures d'attente avant que le lever de l'âtre céleste vînt inonder la plaine du Fola, et embrase le vaste écu pierreux formant une enceinte inviolable pour le commun des mortels, l'aveuglant de son œil incandescent durant un laps de temps. Un temps qu'il fallait mettre à profit !

Ils étaient fin prêts, seuls le bruit des sabots, des rôts et des pets venaient perturber ce silence sépulcral. Du ciel, un oiseau plana au-dessus de la campagne, observant de son regard aiguisé le drapé de fantassins et de chevaliers s'étendant sur une terre froide, humide, où les vapeurs de brume commençaient à monter et à se dilater comme les fumées de l'Annwvyn, l'Autre-monde, la terre des morts.

Abhcan aperçut le faucon, toujours le même, naviguant sur les courants aériens tel un vaisseau porté par les ondes d'une mer calme, son criaillement aigu se répercutant sur les contreforts du Claw Fola. Et Padarec, le heaume posé sur l'encolure du destrier, avait revêtu son armure, la « Foudroyante » plaquée contre son échine. Son regard portant vers cette sombre contrée, où dit-on demeure le seigneur Arawn, le dieu des morts. Mais qui pouvait combattre et réduire à néant le dieu de l'Autre-monde ? N'était-ce pas un combat perdu d'avance ? Qu'importe. Les hommes sont comme une armée de fourmis : toujours à vouloir déplacer des montagnes, même si celle-ci est imprenable.

Le chevalier entendit le pas lourd d'un cheval s'approcher et vit le heaume de Finbarr se glisser entre lui et le fort de Morrigan, coupant sur-le-champ le panorama grandiose du massif volcanique.

— Ruadhán veut te voir, dit-il d'un ton cinglant.

Padarec resta bouche bée.

— Maintenant ?

— À l'instant. Et dépêche-toi, le temps est compté, rajouta-t-il tout en donnant un coup de rênes à son cheval.

Ruadhán était posté sur le rebord gauche des phalangistes de l'ost, escorté de Finbarr et de deux autres cavaliers émérites, toujours à ses côtés ; Rórdán étant placé sur le rebord droit, en bordure de sa fabuleuse troupe de fantassins. Le visage de Ruadhán affichait une farouche roideur, engoncé dans sa capuche de mailles comme une idole de marbre. Son regard féroce dégageait de sombres éclats soufrés, s'y lovant sur des pupilles d'ébène pénétrant les fenêtres de l'âme des êtres les plus fragiles. À l'instant où Padarec vint à sa rencontre, il observait l'alignement des armes de traits, dont les servants nourrissaient pour l'instant les feux grégeois en prévision d'anéantir le bastion ennemi.

Il lui fit face, lui jetant un regard austère, glacé comme la mort. Son destrier piaffant sous l'effet de cette longue attente.

— Nous avons un changement de programme imprévu, annonça-t-il d'un ton sec…

Le cheval se cabra soudainement. Le chef du Fianna calma ses ardeurs en tirant sèchement sur les brides.

— Dès l'annonce du siège, tu suivras l'escouade de Finbarr et vous vous dirigerez vers la faille que nous avions auparavant localisée…

— Rórdán a rejeté cette éventualité, accordant plus de crédit au siège de la forteresse par les armes de traits et de jet, le bélier et le travail de sape…

Ruadhán s'énerva, dressant sa main gantelée de mailles en un poing dur comme le projectile d'un trébuchet.

— Je n'ai que faire des ordonnances de Rórdán ! Tu suis mes consignes, pas celles du valet de Taknit ! Tu t'es engagé au sein du Fianna. Si tu te défiles, tu devras honorer la somme que nous t'avions avancée afin de mener à bien ta *geste,* lui assura-t-il d'un ton virulent, ses yeux sulfureux à quelques doigts de son visage.

Padarec resta coi, sentant que ce renversement de situation n'était pas de bon augure. Mais il n'avait pas le choix, contraint de céder pour un contrat qu'il avait signé en bonne et due forme… Il se retira et retourna vers sa position initiale, attendant que le son du carnyx annonce le début des hostilités… et s'introduire dans la faille, à l'insu des occupants du château, afin de contrarier les serviteurs immondes de la sorcière Morrigan.

*

Sur une surélévation de terrain, Rórdán, le vaguemestre Torin et trois des plus proches lieutenants observaient la structure basaltique du château ; les remparts semblaient faire corps avec le flanc escarpé du Claw Fola, dont l'édifice paraissait n'être qu'une évidente ramification minérale, issue des entrailles du mont Fola. Les étendards, au blason de la reine blanche Morrigan, flottaient au vent, raillant de leurs flammes de toile ondoyante le frêle agresseur détenant de belliqueuses intentions sur l'obscure forteresse, en raison de l'expire d'un vent contraire.

Torin dodelina de la tête, tout en regardant d'un œil fébrile cette sombre demeure adossée à l'éminente montagne, dont des panaches de fumée s'étiraient vers un ciel tirant entre le rose et le carmin.

— Pourquoi ne voit-on personne sur le qui-vive longeant le

chemin de ronde et sur le haut des tours ? Où sont donc les arbalétriers et les fins archers bandant leur arc à se déboîter une épaule ?

— Peut-être que ce n'est tout bonnement qu'une bande d'eunuques ou des chevaliers de la rosette, n'ayant que le courage de pourchasser une pucelle ou un séculaire bouseux issu de nos contrées, à la place d'affronter les soldats du roi, répliqua Rórdán.

— Ben ce château me donne froid dans le dos. On dirait qu'il n'est pas réel, juste une image se reflétant sur la paroi du volcan.

— Une image ? Quelle drôle d'idée que de penser à cela. Comment une image pourrait-elle émerger de ce cloaque ? dont seuls les vautours et les dérangés de l'esprit osent s'y aventurer… Moi, je vois plutôt la demeure d'une folle en proie à tous les breuvages mystiques qu'elle ait pu absorber au fil de ses lugubres recherches dévotieuses… et qu'il faille y mettre un terme avant qu'elle succombe à d'autres méfaits bien plus sordides.

*

Le temps s'égrenait, laissant le soleil poindre des enfers et fardant d'un ton sanguinolent un ciel auparavant d'opale. Les servants s'apprêtaient à lancer l'offensive : les couillards, pierrières, trébuchets et le mangonneau formaient des machines de guerre promptes à faire trembler l'imposante forteresse de Morrigan, dont les tours et l'unique et imposante courtine s'érigeaient sur une section du Fola ; les seigneurs de guerre observaient l'éclat céleste s'élever au-dessus de l'horizon pendant que les servants, torches en main, patientaient dans un mutisme et un immobilisme de figurines, comme statufiés par des litanies de sorciers, mais pressés de plonger leur torche dans le foyer. La troupe s'impatientait, dressant devant un ciel empourpré les étendards et les oriflammes flottant sur les ailes du vent. Si ce n'était qu'un sombre conflit dont les combats annonçaient d'effroyables affrontements entre deux belligérants, on pourrait glorifier cet escadron se déployant sur le feston du mont Fola, les armures et les armes d'hast étincelant sur les premiers rais d'un soleil renaissant…

Puis le son strident du carnyx annonça le début des hostilités. Car le soleil, pareil un écu brillant, chevauchait la ligne d'horizon, son disque tremblant sous l'effet des convections thermiques. Les hommes lancèrent leur cri de guerre, le *Dord Fiansa,* pendant que les servants plongeaient leur torche dans le feu, alimentant les engins incendiaires déposés dans la poche de la fronde. Puis, après que Rórdán acquiesça d'un mouvement de tête, un servant libéra la verge lui permettant d'effectuer sa rotation, jusqu'à ce que le projectile parvienne à se libérer des contraintes de la physique, décrivant une trajectoire parabolique en direction de sa cible… Le brûlot heurta le mur d'enceinte ; sous un bourdonnement de coléoptères, des éclairs naquirent du choc et enveloppèrent le bolide d'une nasse étincelante, puis le projectile embrasé glissa jusqu'au pied de la courtine, finissant sa course entre un bloc de rochers. Juste après, les trébuchets et couillards entrèrent en action, éjectant leurs aérolithes dans la ferveur endiablée d'un siège qui se voulait mémorable. Les pierrières heurtaient le manoir sans qu'elles parvinssent à s'y introduire, cognant les murs et les flèches des tours s'érigeant vers les sommets du volcan, puis allant s'échouer à même le sol pierreux du massif montagneux.

Pendant toute cette débauche d'artifices martiaux, une partie de la Compagnie du Fianna chevaucha vers un secteur du flanc montagneux, sous le couvert d'un plissement de terrain permettant d'éviter que de quelconques fantassins ou chevaliers de l'ost vinssent à s'apercevoir de leur *fine* dérobade, durant le siège ; Finbarr caracolait devant la dizaine de fines lames, suivi par calbhach, Mochán et du restant de l'escouade, Padarec et Abhcan clôturant la section d'assaut.

Arrivés au pied de l'éminence rocheuse, ils mirent pieds à terre. Un massif d'arbustes voilait une crevasse – des épineux qu'ils durent contourner non sans mal, après moult contorsions et coups de sabre dans la frondaison des ajoncs, particulièrement agressifs de leurs longues épines effilées comme des dagues, à l'abri du regard des hommes. Ils pénétrèrent dans le ventre de ce démon qui ne crachait pas pour l'instant son feu intérieur sur la terre fertile du Rhyarnon, délaissant notre jeune barde Abhcan afin de s'occuper des chevaux !… Le jeune celte semblait défait, le regard éteint et la mine renfrognée de n'être qu'un futile individu contribuant indirectement à leurs futurs exploits – lui qui espérait mettre du piment dans sa vie.

Pendant ce temps-là sur la bande de terre foulée par l'ost, les guerriers se mirent en marche vers leur point de mire, sur le son magique du carnyx, détaillant sous l'impulsion alerte de leurs pas l'érection massive du château de la fée Morrigan. La pluie de pierres et des brûlots (explosant sous un écu invisible mais bien présent) filait comme des météores vers leur cible commune… mais qu'aucun aérolithe ne parvint à ses fins, sauf à débouler l'imposant rempart faisant front aux malheureux servants, s'obstinant à le renverser coûte que coûte. Et sur le chemin de ronde point de chevaliers-démons, de lugubres Trolls ou d'infâmes gobelins dessinant leur sombre silhouette entre les créneaux et aux faîtages des tours ; quant au donjon et à la bretèche, nulle flèche ou carreau s'y glissait dans l'entrebâillement des archères, que l'on se demandait si les résidents s'étaient dérobés en catimini, à la vue de l'assaillant. La charge des guerriers parvint au seuil de la barbacane, dont l'altière herse demeurait baissée, son ouvrage ne permettant d'y déceler la moindre forme humaine se déplaçant dans la cour.

Pendant que des mineurs s'approchaient du rempart en vue de créer une sape dans le mur d'enceinte, par l'appui d'un refuge en bois mobile (une chatte), Rórdán aborda le pied du rempart, retenant l'allure alerte de son destrier en tirant sur la bride comme un forcené, à l'apparition soudaine d'une bande de brigands. Deux de ses lieutenants et le vaguemestre Torin arrivèrent en grande pompe, fiers comme des bourgeois ayant fait grande fortune sur les quais de la cité de Taknit.

Le capitaine regarda d'un fort étonnement la paroi de basalte recouverte d'une natte de grillage, ses yeux écarquillés comme deux calots de verre et les sourcils s'étirant sur le haut de son front à la recherche d'une explication rationnelle, relative à cette étrange entourloupe tacticienne : car la fortification avait tout bonnement disparu, laissant place à un filet métallique tendu sur la paroi escarpée de la montagne, comme le drapé immense d'un titan accroché à l'indicible éminence, tant elle se parait d'une démesurée tunique de mailles !

— Ventre-Dieu ! Quelle est donc cette supercherie venant nous couper l'herbe sous nos pieds ? Est-ce une feinte afin de nous faire sombrer dans la folie ou une *fata Morgana* ? Une brume sournoise passant son chemin, dès que le flanc de cette montagne s'échauffe sous l'ardeur d'un soleil levant, clama-t-il haut et fort en regardant de la tête inclinée cette immense cotte de mailles, arrimée sur le versant ouest du Claw Fola.

Le filet s'étirait bien de plusieurs pieds de large sur une centaine de toises de hauteur, amarré par des chaînes dont Rórdán discernait certains points d'ancrage. Les hommes de guerre parvinrent jusqu'aux stratèges, étonnés par cette découverte les laissant pantois et sur leur faim, qu'ils lâchèrent leurs carreaux, leurs arbalètes et leurs arcs s'échouant sur le sol rocailleux comme de vulgaires babioles ne possédant plus de valeur à leurs yeux.

D'un esprit investigateur, un guerrier brandit à l'improviste sa hallebarde et toucha de la pointe de la lame le rebord du drapé métallique. Soudain des éclairs émergèrent des mailles, l'homme s'effondra sur le sol comme un vulgaire pantin de chiffon. Ses acolytes se hâtèrent à son secours. Le guerrier revint à lui, ses lèvres esquissant un rictus entre souffrance et hébétude.

Rórdán vint à sa rencontre et le sermonna :

— Par sainte Brigit ! Je ne veux que personne cogne à cette cotte de mailles ! Elle est possédée par l'esprit des démons et des maudits Firl Borg…

CHAPITRE DIX-SEPT

Heureusement qu'ils avaient prévu d'emporter deux torches dans leur sacoche, car la galerie y était fort sombre que l'on ne pouvait déceler même pas le bout de ses chausses ; précédant l'escouade, un guerrier brandissait un flambeau, et un deuxième la clôturait en prenant soin de temps à autre de se retourner, la lueur du brandon jouant avec la noirceur du lieu sur les parois calcaires, dans une danse endiablée. Personne ne disait mot, seul suffisait le cliquetis des armes et des cuirasses au fil de leur expédition et de leur ascension dans un boyau à peine plus large que la carrure d'un guerrier…

Du haut de sa taille dominante, Padarec discernait les chevelures de Finbarr, Mochán, Calbhach et les calots de la plupart des hommes du Fianna ; ceux-ci, il les connaissait, leur humeur maussade augurait souvent de nombreuses querelles au sein du bataillon, que notre chevalier commençait par se poser de grouillantes questions concernant la création de cette escouade qu'avait ourdie le chef de la Compagnie. Quels en sont les critères, pour avoir choisi ces hommes peu prompts à travailler ensemble ? Pour quelle raison a-t-il plébiscité les plus mesquins Fénnid que la terre du Rhyarnon ait enfantés ? Ce n'est sûrement pas par leur adresse à l'épée ou au combat rapproché, car la plupart des hommes présents s'enorgueillissaient d'exploits jamais approuvés à sa vue ou durant la dernière campagne explosive que Padarec ait pu entreprendre avec eux. Bref, il se prenait la tête dans un étau de contradictions qu'il fit l'impasse sur le port de l'anneau que portait Calbhach à son doigt. Car l'anneau émettait une faible luminescence verte, clignotant lorsqu'ils se retrouvaient face à un embranchement ; le choix était vite fait, dès lors qu'en tendant son bras la chevalière en indiquait la direction à suivre en émettant un halo glauque, fixe et intense.

Ils arrivèrent au perron d'un escalier en colimaçon et le gravirent, escaladant la centaine de marches humides en hélix, vers un sommet vertigineux que Padarec avait soif de découvrir... Calbhach accéda à un nouveau palier d'où se dégageait une porte miséreuse, empreinte d'un degré d'humidité sournois. Elle grinça sur ses gonds lorsqu'il la poussa, puis mit un pied sur les carreaux de terre cuite saillants sous la poussée d'un sol saturé d'eau. Les hommes émergèrent dans cette cellule insignifiante, la lueur d'un rai de lumière traversant une brèche naturelle, sûrement élargie à l'aide de coups de piques et de marteaux ; le faisceau d'un jaune délavé laissait entrevoir le ballet de poussière flottant comme une présence secrète d'insidieuses fées venues égarer le cœur et l'âme des mortels. La pièce glaciale n'apportait que des embruns émergeant de leurs narines et de leur bouche, voilant leur visage défait par cette rude montée, malgré la fraîcheur de leur jeunesse et l'endurance issue des nombreuses années au service de la puissante Compagnie du Fianna.

Au fond de ce vestibule, dans une demi-obscurité permettant tout juste d'en deviner ses contours, une forme humaine, corpulente, se dressait dans un mutisme et un immobilisme inquiétant, adossée à l'embrasure d'une autre porte, celle-ci semblant dans un meilleur état que la précédente. Les guerriers s'approchèrent de cette statue de taille humaine, dont la ronde-bosse dessinait des ombres grossières laissant entrevoir une armure bosselée vêtant la représentation d'un gobelin aux traits simicsques, affublé de membres démesurés.

Padarec gagna cette sculpture bloquant le passage, en se faufilant d'un pas assuré entre ses compagnons de combat. Il se retrouva au côté de Calbhach, mais ne saisit pas l'intérêt de sa présence en ce lieu, alors que le restant de l'escouade est issu du Fianna… Il vit le lieutenant de Rórdán faire un pas en direction du colosse, caparaçonné comme le roi celte Balanos, retira la bague de son doigt et la glissa dans l'un de l'idole de bronze. Sitôt placée autour de la phalange du gobelin, la chevalière émit une radiance olivâtre lançant d'extravagantes flammèches, à l'instar de ces mouches de feu éclairant de leur panse les douces nuits d'été. Dès lors on entendit comme des grondements, des grincements de métal grippé par faute de lubrifiant… puis les doigts pétrifiés de la sculpture se mouvaient, et le restant du corps suivi offrant à cette galerie de téméraires mercenaires un tableau ou l'art de la pantomime surpassait les artistes de foire : le gobelin de métal se déplaça, lentement, mobilisant tous ses membres et ses articulations dans la nébulosité du vestibule.

Padarec recula d'un pas, le cœur battant chamade et l'esprit troublé par cette vision cauchemardesque. En s'éloignant de cette sinistre statue rendue à la vie par quelque sombre magie, il heurta l'épaule de Finbarr. Celui-ci le regardant froidement, sans émettre un seul mot.

— Qu'est-ce donc ? émit-il d'une voix discordante et fébrile, une sombre machination de la Goétie ? Des sortilèges menés par d'occultes druides, adeptes de magie noire ?…

Durant son monologue, car personne ne répondit à ses attentes, l'automate se retourna et poussa le panneau de porte afin qu'elle s'ouvre. L'huis semblait de forte résistance, rien qu'à l'effort surhumain que cet étrange monstre donnait à voir. Dès l'ouverture, un bruit atroce de croassements d'oiseaux perturba l'ambiance étouffée qui existait jusqu'alors. Puis les guerriers le suivirent dans leur silence monacal, mais pas dans l'espace d'ample démesure où ils pénétrèrent. La salle était lumineuse, car de nombreuses ouvertures donnaient sur l'extérieur ; il y avait sur la droite une embrasure semblant donner sur un balcon, car Padarec entrevu tout de suite une portion de parapet se prolonger dans son arc crénelé.

Mais le fait le plus saillant c'est l'étrange agencement d'un mécanisme métallique se dressant et s'étirant sur le parterre de la pièce, dont le plafond s'incurvait dans un semblant accord parfait des quatre parois pour le circonscrire, sans parler de ces croassements à en devenir sourd et fou, car en fond de pièce une énorme volière fourmillait de gros corvidés, certains se bataillant à coups de becs et de serres et d'autres se rencogner contre les barreaux. Quant à l'automate, il retourna à sa fonction première, repoussant la lourde porte, et probablement garder le lieu tel un cerbère d'acier.

Un imprévu courant d'air vint contrarier les hommes campant d'une fière allure sur leurs jambes, musclées par des années d'entraînement et d'une remarquable endurance aux combats. De l'embrasure d'une galerie parvint la résonance de bruits de pas ; une femme y émergea, belle, grande et sombre, la cape découvrant au fil de la marche un bliaud d'un rouge carmin ; une chaînette lui ceignait la taille, mais sa chevelure d'un roux flamboyant frappait par son contraste avec son teint blafard, voire cadavérique. *La princesse blanche !*

Deux nains l'accompagnaient, ne la lâchant pas d'un pas et se hâtant afin de ne pas être distancé par leur maîtresse…

Elle s'avança vers Calbach et Finbarr, d'un regard profond et fier à la fois. Le port de cou élancé, les mèches bouclées retombant en pluie d'or sur ses épaules, époussetant sa robe d'une main légère aux doigts effilés : une plume noire s'échappa de sa robe, voleta comme une feuille morte surprise par le souffle du vent, flottant un bref instant dans les airs puis retomba sur le sol, telle une feuille de chêne à l'orée des premiers jours d'automne.

— Edrin ! donne à manger aux corbeaux, dit-elle en regardant froidement le plus petit des deux, sinon je ne donne pas cher de leur existence, rajouta-t-elle en formant un poing de sa main.

Il partit en courant sur ses petites jambes, prit des graines dans une bourse en lin et les jeta d'une main hasardeuse dans la volière. Les oiseaux se jetèrent sur leur festin, dans l'insouciance de leur maîtresse observant d'un regard anodin la ripaille de ses chers pensionnaires à plumes.

Elle se retourna, jeta un regard sournois mais rapide vers Padarec, puis d'un pas sûr tout en redressant son port de tête, elle attendit que Finbarr ouvre la conversation.

Mais Finbarr se soustrait de son regard pénétrant, et fit un bref mouvement de tête en signe d'acquiescement à Calbhach ; ce dernier prit place devant le chevalier, et subitement tira du fourreau sa dague et positionna la pointe de l'arme contre l'artère carotide de Padarec… Il ne broncha pas, surpris, tétanisé par ce soudain revirement de situation. Il sentit le souffle de Mochán frôler son échine, et pivota légèrement ses orbites afin de discerner dans le champ de sa vision périphérique, les traits partiels de Mochán, un sourire pervers en coin.

— Comme prévu, j'ai fait vos emplettes, princesse Morrigan… émit Calbhach, se réjouissant d'offrir son butin à la dame blanche.

Allait-on sonner l'« hallali » ? afin de rançonner l'âme de ce chevalier comme sacrifice au dieu d'Outre-Tombe…

CHAPITRE DIX-HUIT

Les assaillants prirent position au pied de l'escarpement du Fola. Puis quelques hommes furent mis à contribution afin d'inspecter les environs et déceler des indices susceptibles de faire évoluer le siège vers le succès tant escompté ; il y va de l'honneur de la nation, sans quoi le souverain se ferait un plaisir de faire trancher des têtes et de mettre au gibet les chefs et lieutenants d'une armée en déroute... Pendant que Rórdán et quelques-uns de ses officiers parlaient avec le chef du Fianna, Dago s'éclipsa vers un repli de terrain, d'où un massif de bruyères occultait une portion de l'enrochement tectonique, due à la poussée inexorable du massif volcanique. Il jeta négligemment le morceau de bois lui ayant servi de béquille, ressentant le désir à se soustraire d'un étançon – faut-il user d'un vulgaire morceau de bois pour faire avancer un homme du Fianna ? *Les échalas ne sont bons qu'à soutenir les ceps d'une vigne.*

Le vénérable mercenaire entendit le hennissement de chevaux à travers les broussailles, et qui d'un Fénnid éviterait de se glisser entre le drapé des ajoncs afin de partir en quête de l'origine de ces cris de destriers ? car la Compagnie ne détenait que de valeureux guerriers prêts à rejoindre l'île de Paradis, s'il faut rendre l'âme pour combler sa soif d'aventurier... Il s'enfonça dans le bouquet de broussailles, quitte à se piquer aux épines saillantes comme les fibules de pompeuses bourgeoises, toujours à se reluquer dans un miroir en bronze. Et qui vit-il assis sur un rocher comme un pieux contemplatif plongeant son esprit au plus profond de lui-même ? Abhcan, les yeux vitreux dirigés vers le relief tourmenté du terrain, pendant que les roncins, brides entrelacées sur les branches d'un arbuste, dévoraient quelques baies et touffes d'herbe à brouter d'une quiétude tout à fait équine.

Dago s'érafla le visage en se retirant des branchages, et Abhcan redressa sa tête, conscient d'un danger imminent. Le vétéran fit le tour du buisson épineux, les destriers soufflant des naseaux, les jambes frémissant d'une nerveuse contrariété.

Abhcan le regarda, les yeux écarquillés par la singularité de sa présence, quelques gouttes de sang se diffusant sur une peau parcheminée par l'âge.

— Par le dieu Lug ! que fais-tu en ce lieu, écarté du champ de combat ?

— Ben, je garde les chevaux pendant que l'équipe s'emploie à effectuer une brèche dans l'enceinte de Morrigan !…

— Comment ça : « une brèche » ? Il n'a pas été convenu de faire un forceps à partir de quelques valeureux guerriers sans l'assentiment du roi ou de la hiérarchie militaire. Qui donc s'est engagé par ce trou de rat ? demanda-t-il en pointant du doigt la crevasse, érigée comme l'iris d'un dragon.

— C'est Finbarr qui dirige l'opération, appuyée par Mochàn, ainsi qu'une dizaine de mercenaires et de Calbhach…

— Calbhach ? tout en le regardant avec effroi. Que fout-il avec la Compagnie ? Jamais, oh non jamais la Compagnie ne se permettrait d'intégrer un quelconque individu à une action de terrain, dont elle seule dispose des moyens tactiques essentiels, pour pénétrer dans l'espace ennemi… même si celui-ci est un flamboyant guerrier.

*

C'est à grands pas que Rórdán retrouva Ruadhàn, le cœur gros comme une outre de vin en plein soleil prête à exploser, accompagné de deux de ses plus fidèles lieutenants. Il le prit par le bras, à part, et le somma de justifier l'envoi d'un groupe de mercenaires dans l'antre de la montagne.

— Pourquoi quelques-uns de tes hommes se sont permis de négliger les ordres ?

Ruadhàn esquissa l'étonnement, et fit mine de ne pas saisir la gravité de l'affaire.

— Tu comprends très bien où je veux en venir, rajouta-t-il en hélant Abhcan, occupé à ramener les chevaux, et épaulé par Dago.

Il accourut, le souffle court et le pas d'une importune arythmie infligeant des douleurs dans tout le corps.

— Que t'a dit Padarec, avant de partir ?

Abhcan jeta un regard d'effroi sur le faciès sombre du chef du Fianna, puis le détourna et le porta dorénavant sur Rórdán.

— Le maître m'a expliqué que… le chef du Fianna prévoyait de faire pénétrer une élite de la Compagnie dans l'antre de la montagne, afin de mener une opération d'envergure contre les sbires de la fée Morrigan… Et que Padarec et Calbhach seraient de la partie.

Le capitaine du fort des Ducs frotta sa main gantée contre ses traits austères, la mine déconfite par la fourberie de l'un de ses lieutenants. Il se tourna vers Ruadhàn, le visage impassible.

— Il ment ! Je n'ai jamais eu confiance en Padarec. Son esprit divagateur et solitaire n'a eu que des effets pervers sur mes hommes, et cela depuis des lustres… Quant à ton bras droit, il n'a jamais eu mon adhésion pour faire partie de ce raid : l'élite du Fianna ne repose que sur l'adhésion par le groupe et pour le groupe. Aucune personne étrangère à la Compagnie n'est adoubée, sans l'assentiment de la coterie !

— Cela fait des décennies que je connais Padarec, jamais il n'aurait agi de telle manière, retournant les blâmes sur Ruadhàn : tu portes un anathème infondé sur l'un des plus valeureux guerriers que le Rhyarnon ait enfanté.

Le chef du Fianna émit un sourire narquois.

— Ha ! « Que la terre du Rhyarnon a enfanté »…, tout en s'approchant de Rórdán. Ton seigneur Maddan, ne vient-il pas de traverser le dernier village de ce comté, afin de jeter un dernier coup d'éclat sur ce siège ?

Il le regarda d'un esprit troublé.

— Comment sais-tu que notre souverain est en route, afin d'exterminer la vermine qui hante le Rhyarnon ?

— Moi aussi, j'ai mes émissaires et mes informateurs… La Compagnie n'est pas à la botte de ton roi ! et, de toute manière, si nous nous en sortons, tu risques d'avoir des surprises concernant ton meilleur ami ! mais là, nous attendrons que TON seigneur parvienne d'ici peu sur cette terre infâme et qu'il arrive à jeter l'effroi sur les chevaliers-démons, et ça, c'est une autre histoire.

— Nous verrons bien qui détient la vérité. En attendant, nous allons déployer une élite d'une cinquantaine d'hommes afin de pénétrer dans ce maudit volcan…

*

D'un réflexe spontané et fluide, Mochàn ôta la lame du fourreau de Padarec ; la « Foudroyante » scintillait dans les mains du rustre lieutenant du Fianna, sur les notes discordantes des insupportables freux, en quête d'une liberté à recouvrer. Il fouilla aussi de l'autre main le torse du chevalier, et finit par découvrir l'objet de ses convoitises : la dague, cachée sous la ceinture, à l'abri de la vue du simple quidam.

Morrigan rejoignit le mercenaire, le frottement de sa robe gémissant sur les dalles de la pièce, son visage d'albâtre figé comme une colonne corinthienne, à quelques doigts du sien ; les yeux dans les yeux, le regard brûlant d'un feu intense – deux calots de soufre à faire damner le plus mécréant des hommes. Elle le dévisagea sous le regard hargneux des hommes, l'entourant comme un diadème sombre et belliqueux.

Elle caressa d'un doigt son torse musclé, le remonta vers le cou puis le relief anguleux de son visage, dont son impassibilité n'étonnait aucunement la prêtresse.

— On m'a parlé de toi à maintes reprises. Détaillant tes exploits, ta force et ton endurance au combat. Des remarques concernant ta beauté de mâle triomphant sont parvenues jusqu'à moi. Je connais tous tes exploits, tes frasques et tes démons qui te hantent, mais toi, tu ne connais rien de moi ! si ce n'est les potins que les hommes colportent sur mon compte, et qu'ils présument détenir la vérité…

Elle retira ses doigts de sa peau rêche comme un vin âpre, lâchant négligemment sa main allant nicher contre son bliaud d'une pourpre martiale. « Connais-tu la raison de cette souricière ? »

— Si j'ai fauté, que l'on me révèle la genèse de mes fautes…

— Tu la connaîtras en temps voulu, car le seigneur de ce royaume aborde son âme en ce lieu obscur qui m'a été donné de protéger, sous le couvert du dieu Arawn. Car lui seul est en mesure de peser les âmes de ce monde cruel et périssable.

Elle se détourna de lui d'un geste prompt, les plis de sa robe ondoyant dans les airs, comme une voilure de cruor nimbant sa taille de guêpe. Les hommes s'écartèrent, peut-être pour lui faciliter le passage, sûrement sous l'emprise de la peur.

— Suis-moi !…

Elle se dirigea vers la longue construction métallique prenant une bonne portion de la pièce, et la longea. Au fond de la salle, une maquette d'un château trônait sur une estrade, l'extrémité tubulaire de la machine reposant sur des tréteaux, face à cette reproduction commune de forteresse, d'une hauteur d'homme. Padarec s'approcha de Morrigan, sous les chiens de garde des hommes du Fianna, en tout cas des guerriers les plus réfractaires aux codes d'honneur de la Compagnie. Il abhorrait cette félonie ;

comment en étaient-ils arrivés à abâtardir la nature profonde de leur foi ? pour finalement avilir le serment que tout chevalier prononce lors de son adoubement, que la confrérie octroie au nouveau chevalier.

D'un regard troublé, il étudia la longue tubulure rejoignant un boîtier, et celui-ci détenait à son opposé, un second conduit passant à travers une faille donnant sur l'extérieur…

— Un athanor ? demanda-t-il, le front sourcillant de stupeur devant cette étrange composition de chaudronnerie et de ferronnerie.

— Point du tout. Dubhán va te révéler l'un de ses secrets, dit-elle, les yeux à demi-clos d'une attention railleuse.

Le nain courut se poster entre la maquette et la bouche de l'athanor, dont aucune vapeur soufrée n'y émergeait. Puis de sa main potelée il fit un geste à Padarec afin qu'il puisse contempler chaque détail de la machine. Et tout en parlant, il accompagna son bras court mais dodu sur l'ouvrage architectural façonné de bois et d'argile, jusqu'à l'embouchure de ce singulier attirail démoniaque.

— Comme tu le vois, la machine est tournée en direction de la majestueuse maquette que Edrin et moi-même avons façonnée il y a tant d'années. Regarde attentivement à l'embouchure de ce tuyau, et dis-moi ce que tu vois…

Padarec se pencha afin de mieux discerner l'entrée du boyau.

— On dirait qu'il y a une lentille de verre obstruant le conduit.

— Exactement ! s'exclama le petit homme. Et regarde les deux flambeaux posés sur les deux côtés de l'embouchure ; ils servent à illuminer la maquette, car cet attirail a grandement soif de clarté pour avaler son image, déclara-il d'un ton fier.

Edrin alluma les deux foyers, la lumière illuminant le fronton de la maquette comme un soleil en plein midi. Puis Dubhán régla la tuyauterie coulissante, et courut jusqu'en bout de la machine, tout en hélant le chevalier afin de le suivre dans sa pérégrination de sorcier…

Les hommes du Fianna regardaient d'un esprit confus cette débauche alchimique, où s'y confrontaient fascination et inquiétude.

Il lui montra un ensemble de miroirs en bronze, dont un faisceau lumineux s'y étirait et se réfléchissait comme un rai de soleil dans l'ajour d'une meurtrière, puis régla l'appareillage monté sur des branches mobiles, en rotation lorsqu'il inclinait les plaques polies comme la surface tranquille d'un plan d'eau.

— Maintenant passe ta tête par cette mince encoche, et observe bien la dernière grande plaque accrochée sur le flanc de la montagne.

Il tendit la nuque par la petite fenêtre ; en premier lieu, il découvrit une immense dalle de bronze finement polie, placée à une dizaine de pas de sa position, montée sur un châssis de traverses en bois, lui-même arrimé au flanc montagneux, dont il n'apercevait que les plus imposantes sections partant du miroir et allant sûrement se ficher contre la paroi du volcan. Puis il vit le miroir pivoter sur ses tiges porteuses, l'éclat allant crescendo. Un faisceau lumineux puissant y émergea et alla s'étendre sur une surface du flanc montagneux qu'il ne pouvait discerner de la place qu'il occupait. Après avoir joué sur l'inclinaison du miroir – par l'appui d'une longe allant jusqu'au châssis –, Dubhán retrouva Padarec et lui montra le chemin afin d'observer au plus près de l'appareillage, le couronnement de son ouvrage. Ils furent suivis de Calbhach, la dague dans la main. Les trois hommes passèrent sur une saillie formant comme un balcon naturel, Padarec s'aperçut qu'il se localisait entre les deux traverses de bois soutenant l'impressionnant miroir, positionné à plusieurs coudées de la paroi.

Il plongea son regard vers le bas : au pied de l'escarpement montagneux, Padarec vit l'armée du roi prendre ses aises, pendant que Calbhach tendit sa dague contre sa nuque, afin que celui-ci n'ose rameuter l'ost et la Compagnie du Fianna.

— Tu dis un seul mot… et je te tranche la gorge ! affirma-t-il, en lui susurrant ses menaces dans le creux de l'oreille.

Mais de l'assise du volcan, personne ne semblait les apercevoir ; les hommes bien trop occupés à trouver une parade afin de pénétrer dans l'antre de la sorcière Morrigan, et en finir avec le suppôt de Arawn.

Le nain Dubhán jeta un regard haineux en direction de l'échine du lieutenant de Rórdán, puis coupa court le tête-à-tête farouche entre les deux chevaliers.

— Messire Calbhach ? ce lieu n'est point matière à rendre des comptes, dit-il d'un ton fébrile.

Calbhach se retourna, la mine sombre et le regard mauvais.

— Qui es-tu pour me couper la parole ! s'exclama-t-il d'une voix tonitruante. Tu n'es qu'un myrmidon. Un tout petit vermisseau, et si ta maîtresse n'était pas en ce lieu, je te couperais les jarrets…

Morrigan se posta devant l'embrasure, la mine sévère. Elle fixa sombrement l'officier de Rórdán.

— Lève une seule fois la main sur mes serviteurs, et je te transforme en pourceau ! tout en dessinant un sourire fielleux, s'étirant sur son visage diaphane mais d'une sublime beauté.

Après ce terrible réquisitoire, Dubhán enjoignit à Padarec d'incliner sa tête, afin de dévoiler la fin de cette histoire, hermétique aux yeux du pauvre mortel.

Padarec se retourna et pencha sa tête en arrière, et s'aperçut qu'un immense filet les entourait ; la banne, construite de milliers de sequins, était suspendue à quelques pieds au-dessus d'eux et tendait son drapé métallique autour de l'embrasure d'où il se situait. Malgré le peu de recul dont il disposait, il parvenait à examiner un pan de cette image géante représentant une partie du fronton d'un château, qu'il avait découvert du plancher des vaches ; une lumière vibrante et étincelante s'y déployait comme le reflet mouvant d'une forteresse sur les eaux calmes des douves…

*

Abhcan tendit son bras, la médaille vibrant d'un halo verdâtre au creux de sa main, guidant les quelque cinquante valeureux guerriers talonnant ce guide hors du commun, comme des ombres allant se repaître au tréfonds des enfers, d'une manne démoniaque… Ils arrivèrent dans le sombre vestibule, dont une lumière verdâtre évanescente émergeait d'un gardien, positionné devant le seuil d'une autre porte. Rórdán et le chef du Fianna, Ruadhàn, s'approchèrent de ce qui s'apparentait à une statue.

— Par tous les dieux ! Quelle est donc cette étrange sculpture barrant ainsi la voie ?

Ruadhàn tourna la tête vers le capitaine de l'ost, le regard absent de toute complicité. Comme poussé par un invisible appel, Abhcan dépassa les deux hommes et déposa la médaille dans le creux de la main du géant, figé dans une attitude sereine. Un grincement invasif troubla les guerriers, puis le gobelin, comme pénétré d'une étincelle de vie, vibra, se mouvant d'une lenteur théâtrale, son regard éteint plongeant sur un horizon que lui seul percevait. Il se retourna, et dans un effort de Titan déploya tous ses muscles afin d'ouvrir d'ouvrir l'austère porte.

Lorsque les guerriers pénétrèrent dans l'immense salle, où une étrange machine encombrait le parterre, les félons de la Compagnie du Fianna les attendaient, brandissant leurs armes, prêts à en découdre… Ils se regardèrent en chiens de faïence, la bande de Finbarr en position de combat et celle de Rórdán marquant leur suprématie numérique en grondant comme des molosses. Durant ce rapport de force, Mochán chaperonnait Padarec alors que la sorcière Morrigan, les deux nains à ses pieds, dressait son aura ténébreuse devant les hommes de l'ost…

CHAPITRE DIX-NEUF

Lorsqu'ils pénétrèrent dans l'immense salle, Rhordán jeta un regard glacial en direction de son second ; Calbhach prenait position contre l'ost de son roi, aux dépens de la sécurité de son propre pays, pendant que Ruadhán se retourna vers Finbarr puis Calbhach, sentant qu'il y avait du roussi dans l'air. Le rapport de force n'était pas de son côté. Il devait trouver une parade, voire feinter afin de faire pencher le plateau du bon côté de la balance, alors que Rórdán avait une dent contre lui : ses manières d'avoir trompé sa confiance et celle de son roi, sans compter qu'un grand nombre des compagnons le verrait bien passer sous le fil de leur épée, rien que pour avoir trahi la Compagnie : cela valait bien une tête à trancher !

Le cœur désœuvré, Ruadhán rejoignit la sorcière blanche – alors qu'aux côtés de la banshee, Padarec restait sous la coupe de Mochán, la dague plantée contre la nuque du chevalier. Il entama une diatribe contre Padarec devant l'ordre du Fianna et les hommes de l'ost tendant l'oreille de sa délation fielleuse :

« N'y a-t-il dans tout ce comté, un homme aussi fourbe et sournois que Padarec ? blâma-t-il d'un ton sévère, tout en dirigeant un doigt discutable sur le personnage ayant ourdi un complot dans le dos de l'armée. Padarec fut sidéré, frappé de cet anathème afin d'expier une faute qu'il n'avait pas commise. Comment peut-on croire en l'honneur de ce Fénnid ? si en l'occurrence celui en qui vous mettez toute votre confiance vous trahit, et trame une sombre machination en prévision de faire tomber la plus noble confrérie celtique du Rhyarnon… »

— Au lieu de pérorer, et de clamer au complot... donne-nous de la matière à révoquer de l'ordre celui en qui nous avons toujours eu de la bienveillance pour un homme de cette trempe ! riposta Dago.

De son esprit ténébreux, Morrigan assistait à cette joute oratoire, prenant note qu'elle détenait des axiomes occultes qu'aucune des deux parties n'oserait réfuter, car elle possédait une science immatérielle, issue d'un si lointain passé que l'homme contemporain n'en soupçonnait aucunement la souveraineté.

Sur un coup de sang, elle s'ingéra dans la conversation et lui coupa la parole.

— Que m'importent vos rhétoriques ! je ne suis pas en ce lieu pour entendre vos jérémiades de misérables mortels chicanant pour des forfaitures dépassant l'entendement des dieux...

Elle pivota sa silhouette élancée vers Ruadhán, sa robe d'une pourpre sanguinolente flottant autour de sa taille de guêpe comme les ailes d'un papillon des enfers.

— Mon âme brûle de tes sournoises manipulations... Lors de ta précédente visite, nous avions conclu un pacte de non-agression. Cet accord stipulait à ce que tu me livres l'individu qui fera céder le seigneur Maddan d'une partie de son domaine contre la vie de l'un des plus importants sujets de la Couronne...

L'esprit échauffé par les remarques de Morrigan, Padarec s'engagea dans la conversation :

— Je ne suis aucunement le vassal du roi Maddan... étant étranger au Rhyarnon ! s'exclama-t-il d'un ton sec.

— Que tu crois, dit-elle en le regardant au fond des yeux. Mais là, nous en discuterons en temps voulu, rajouta-t-elle d'un air railleur. Ses cheveux ondulants comme un diadème de feu, lorsqu'elle se détourna de son regard.

— Pour l'instant, je règle mon litige avec l'homme qui a abusé insidieusement de ma confiance, tout en se dressant d'un air rogue vers celui qui devra assumer ses bévues.

Du haut de leur petite taille, Edrin et Dubhán la regardaient d'un air d'effroi. Mais elle pouvait aussi les récompenser de ses bonnes largesses, lorsqu'elle se sentait satisfaite de l'excellent travail qu'ils avaient présenté à sa noble et occulte personne.

— Tu as volé la chevalière de Dubhán à son insu, peu avant que tu rejoignes ta tribu… Le nain regarda d'un air austère la mine défaite de Ruadhán. Elle caressa d'une main bienveillante son crâne dégarni. Il m'a expliqué comment tu as réussi à le berner, lorsque tu te retiras de ces lieux.

Animée d'une force qui la nimbait comme une déesse noire, elle s'approcha de lui et le gifla. Il faillit retirer sa dague de son étui puis se ravisa en entendant les admonitions de la sorcière.

— Je ne te le conseille pas, prévint-elle d'une voix inflexible.

— Nous pouvons trouver un compromis, intervint Rhordán.

La mine crayeuse, elle jeta un regard de soufre sur le chef de l'ost.

— Ha, un compromis ! alors que vous n'avez pas la suprématie du terrain. Elle jeta un regard panoramique sur l'ensemble des guerriers encombrant la salle aux artifices. Penses-tu que le simple fait que tes guerriers se positionnent en cette salle, que cela suffise à augurer une conquête du domaine du Seigneur Arawn ? Tu fais erreur. Nul mortel n'a, à ce jour, pu entrevoir son occulte visage. Car celui qui osa pourfendre ses principes, demeure à tout jamais sur les terres lugubres du Sidh…

Je te propose un marché, annonça Rhordán, tout en s'approchant de la princesse blanche. Un duel entre Padarec et Ruadhán ; en ces lieux.

Padarec lui jeta un regard ébahi, abasourdi et déçappointé par l'offre du capitaine de l'ost. Rhordán vint à sa rencontre.

— Bah, pour toi c'est juste un combat d'une insignifiante platitude.

— Tu me le paieras, Rhordán.

— C'est bien ce que je te disais, répliqua d'un ton facétieux Rhordán, tu te vois déjà sortir triomphant de cette lice…

Pour toute réponse, Padarec émit un fin rictus.

— Cela ne résout pas les termes du marché, conclut-elle. Il n'y a aucune alternative à mes revendications : Padarec doit demeurer vivant !

Rhordán se retourna vers la sorcière, les lèvres tirées nées d'un esprit sardonique. Il allait répliquer, lorsque Calbhach lui coupa l'herbe sous les pieds.

— Qu'a-t-il de phénoménal, pour porter une attention particulière à sa personne ? demanda Calbhach.

— Cette question reste pour l'instant « lettre morte ». Elle sera éludée dès que votre souverain daignera fouler ses chausses sur les terres sacrées du Fola. Et cela ne devrait pas tarder, car votre roi a entamé depuis plusieurs heures sa guerre sainte… levant une armée, sans qu'il ne se saisisse de sa terrible méprise. Sa *geste* risque de tomber dans les flots de l'oubli, comme un félin sombrant dans une mare.

Le grondement ténébreux des chevaliers survola l'assemblée, devant les dires de la déesse noire des Aes Sidhe. Tous se regardèrent d'un esprit trouble, car la venue du roi Maddan n'avait pourtant été point éventée. Enfin, sauf par Ruadhán.

Elle dressa sa nuque vers le plafond, son esprit s'envolant vers les ombres, où le passé, le présent et l'à venir fusionnaient en une étrange étreinte d'espace-temps révolu.

— Soit ! émit-elle d'un ton sec. Puis elle se tourna vers la figure de Padarec, marquée par des plis de fatigue. Je modère mes propos et décide qu'il faille du piment dans cette histoire qui s'éternise. Le duel sera donc de mise. Mais s'il meurt, dit-elle d'une voix rogue, alors je décimerai l'escadron siégeant en ce lieu ! tonna-t-elle, ses orbites globuleuses saillant comme des sphères de jaune de soufre. Et je livrerai à votre roi vos têtes, hissées sur un étendard, en représailles du tort causé pour avoir ourdi un siège au pied du mont Fola…

*

La « Fougueuse » étincela lorsque l'épée de Ruadhán heurta celle de Padarec ; Ruadhán émit un rictus pernicieux, brandissant son arme comme jamais il ne le fit. Son honneur devant demeurer intact aux yeux de ses hommes, s'il voulait conserver le titre de chef du Fianna l'année suivante. Il allongea son bras et tenta une feinte. Le bruit sonnant du métal résonna dans la pièce lorsque la pointe de l'épée buta contre le mur, dont des éclats de pierre et des étincelles partirent s'échouer sur le sol à quelques pas de là. Padarec se plaça en position de garde, afin de prévoir sa prochaine embardée, car Ruadhán maniait la lame d'une virtuosité sans égale.

Ils s'affrontèrent en coups d'estoc et de taille, devant le parterre de valeureux guerriers observant d'un grand intérêt cet affrontement entre les deux chevaliers du Fianna. Les armes se frottaient, le fil des lames geignant comme le glapissement des éperviers parcourant les courants aériens au-dessus du drapé désertique, dans cette joute où un unique combattant doit en sortir vainqueur. Ils se retrouvèrent près de la volière, où les freux s'affolaient lorsqu'ils se battirent dans la fureur des éléments : l'air, le feu et le métal. Les parades de garde se multipliaient, Padarec cédant peu à peu du terrain, reculant face à l'agressivité belliqueuse du chef du Fianna ; sa force de frappe ne cessait de s'amplifier, comme soumis à une soif dévorante afin de dominer son rival et de rendre le dernier assaut fatidique : celui où il enfoncera sa lame jusqu'à la garde. Tout en taillant d'estoc, l'homme parvenait à glousser, poussant inéluctablement son adversaire vers une fin atroce. Padarec faiblissait, baissant fréquemment la garde, ce qui lui valut une belle estafilade lors d'une action d'estoc où Ruadhán tenait le pommeau des deux mains fermes… La lame ne passa pas bien loin de sa gorge.

Pendant ce temps-là, Abhcan sentit que la fatalité allait

révéler ses crocs, préfigurant une mort atroce de son maître. Soudain, il eut un éclair de génie et se dirigea d'un esprit habile vers la volière. Il se retrouva devant la cage, faisant mine d'observer d'une attention soutenue le combat entre les deux hommes, dont le repli de Padarec augurait une défaite cuisante ; le chevalier ne cessait de perdre du terrain, forcé par l'avance soutenue de son adversaire. Après un temps où il faillit maintes fois perdre la face, Padarec se reprit et effectua des voltes et des contre-voltes, usant de tous les artifices des cours d'escrimes qu'il apprit de son maître d'armes – il arracha de main de maître à reprendre du terrain, effectuant des passes avants et des voltes coulants, comme un furet sinuant entre les fourrés d'une basse-cour. Mais le rapport de force revint vers Ruadhán multipliant les attaques par des coups de taille puissants, obligeant Padarec à effectuer de nombreux replis, quitte à s'échouer sur le sol ou à se retrouver coincé dans une encoignure. Il passa sur la saillie faisant office de chemin de ronde chimérique, tout en reculant à l'extérieur sous les assauts d'un vent sournois, sa chevelure se déployant en mèches présomptueuses fouettant son visage creusé par l'épuisement.

Ruadhán le suivit, entrevoyant la victoire poindre comme lors du dernier tournoi de béhourd, lorsqu'il triompha de main de maître en mettant bas son adversaire, la figure ployant dans la poussière… Ils croisèrent le fer sur le versant de l'à-pic, des bourrasques refrénant leur ardeur au combat. À quelques pieds de là, les hommes de l'ost pointèrent leur visage vers le flanc du volcan, devenant des spectateurs fortuits de ce baroud, qui se jouait devant leurs yeux ébahis.

Ils combattirent dans la fureur des éléments, l'assaut du vent claquant sur leur tunique comme une brise sur les voiles d'un frêle esquif. Des étincelles flamboyèrent lorsque les lames s'accrochaient et se heurtaient, pendant qu'ils conservaient la garde haute, et allongeaient des coups de taille allant jusqu'à leur paroxysme.

Padarec plia sous la charge puissante de son adversaire, les jambes devenant lourdes et flageolantes, les bras s'alourdissant sous les coups de boutoir vigoureux du plus éminent combattant du Fianna, alors que sur ces entrefaites, Abhcan ouvrit furtivement l'enclos de ces noirs volatiles aux criaillements intenses, au risque d'affaiblir le sens de l'audition des esgourdes ; les corvidés prirent leur essor, s'envolant comme une nuée d'oiseaux de malheur sortant du noir trépas… Les guerriers furent désagréablement surpris de cette légion de freux submerger la salle aux artifices. Qu'ils soient renégats ou faisant partie de l'ost comme du Fianna, les hommes hissaient leurs bras vigoureux taillant dans la masse de chair et de plumes battant des ailes comme une armée des ombres. Après avoir tournoyé comme une sombre bourrasque, les corbeaux sortirent à tire-d'aile par l'unique issue encore disponible ; ils se précipitèrent vers l'embouchure du factice chemin de ronde, frottant leurs rémiges fuligineuses entre eux, à qui passera le premier par l'austère entaille de roches basaltiques…

    Padarec sentit son heure approcher, le jaquemart du trépas sonner, la vieille Crone ouvrant grand sa gueule afin de faucher une nouvelle âme… Puis il discerna dans une image floue la lame de Ruadhán scintiller au-dessus de sa tête, comme une allégorique de la mort, alors qu'il courbait l'échine vers l'arrière, la nuque plaquée contre la muraille de pierre…

CHAPITRE VINGT

Survint alors un grand chamboulement, une nuée obscure annexant le balcon grossier, pendant que la lame de l'épée effectuait sa révolution, s'en allant cogner le crâne du chevalier… Mais cette voile de chair et de plumes flottait comme la cape du dieu Arawn, croassant à l'envie afin de faire valoir leur liberté recouvrée. Ruadhán se retourna sous l'effet de surprise, soudainement drapé d'une nuée de corvidés écorchant et entaillant son visage alors que son esprit gîtait encore sous la coupe de la stupeur ; il fit tournoyer son épée dans les airs, hurlant et jurant contre ces maudits volatiles, puis ses pieds achoppèrent le relief tourmenté et humide de la saillie rocheuse, et… il bascula dans le vide sous un grand cri d'effroi…

Les hommes vinrent à la rencontre du Fénnid, sauvé *in extremis* des griffes de la mort… pendant que Abhcan remarqua l'absence de la sorcière, alors que les guerriers manifestèrent leur colère face à ces envahisseurs délogés de leurs abris de fer ; il vit un agile faucon pénétrer par la brèche du balcon factice, se dirigeant à vitesse flamboyante vers la fragile embrasure prête à se refermer. Alors, il bondit jusqu'à se glisser dans l'entrebâillement éphémère de l'unique sortie menant sur les sombres galeries. La porte massive cogna derrière son échine d'un bruit mat.

Abhcan délogca de la nuque du gardien de métal la médaille qu'il lui avait restituée, puis tendit le bras, le symbole de Morrigan luisant d'un vert de jade dans la pénombre. Il se dirigea à la lueur de la parure, l'huis du rapace se répercutant dans les obscurs couloirs, progressant d'un pas rapide, aidé par la lumière diffuse du joyau et le cri perçant du faucon ; il traversa de sombres couloirs, bifurquant lors d'un carrefour, toujours à l'affût du moindre faux pas et d'une mésaventure imprédictible… Le temps semblait s'étirer, s'éterniser sans jamais recouvrer l'aura du soleil. Puis il dévala des marches, à l'infini, accompagné des cris perçants du rapace, dont parfois un souffle d'air témoignait de sa sublime présence. Des centaines de marches en colimaçon, s'enfonçant dans l'antre du volcan, en ce lieu où, dit-on, demeure le seigneur de la mort.

Cela ressemblait à une crypte, un lieu mystérieux et envoûtant ; terrible ! ; l'air y était saumâtre, l'air saturée d'humidité, et la lumière du joyau ne livrant plus qu'une simple écharde de lueur, terrassée par ce halo brumeux se mouvant comme les rides d'une nappe d'eau. Il y émanait des odeurs fétides de chair pourrissante et d'humidité suintant des murs, où poussaient des champignons fluorescents, des mousses et des lichens. Il avança prudemment sur les lames de vapeur et de lumière fluorescente, comme une brume recouvrant d'un voilage diaphane les étangs et les tourbières du Rhyarnon, aux premières lueurs du jour. Il vit deux billes percées de ce brouillard jaunâtre : le rapace était perché sur un crâne humain, celui-ci reposant sur un pieu, enfoncé sur une terre meuble baignant dans une eau putride. Il semblait serein, maître de lui-même, tournant son crâne orné de plumes d'une impassibilité étonnante. De son bec fusa un petit cri net et fastueux, affirmant la nature souveraine de son incarnation.

Le jeune barde poursuivit son cheminement, longeant les murs recouverts d'une pelisse d'algues et de mousses fongueuses, puis survint enfin l'aboutissant de cette galerie, où d'étranges sépulcres s'y étendaient, adossés et inclinés à la paroi du fond. Il s'approcha du plus proche caveau et regarda la bière d'un air curieux ; un chevalier d'une taille impressionnante y gisait, vêtu de sa sombre armure, le heaume d'une tenue austère. *Les chevaliers-*

démons, se dit-il d'une voix étouffée. Il paraissait simplement endormi, reposant fièrement dans sa couche de pierre. Abhcan redressa la tête et vit des centaines de sarcophages nicher dans cette tanière, dont le périmètre de la cavité se cintrait, semblant faire honneur à ces étranges occupants.

— Ha, que voilà en ces lieux le *valet* de sieur Padarec !...

Il se retourna, se retrouvant face à la silhouette élancée, hautaine, terriblement séduisante de la sorcière blanche Morrigan. Elle s'avança vers lui, le drapé de sa robe feulant lors de son cheminement. Elle portait une torche, dont le halo s'étirait sur les pierres et le relief de la crypte en produisant une lumière glauque. Sa figure n'était plus qu'à quelques doigts du sien, le front dégagé, le regard profond et captivant, comme les prunelles hypnotisant d'un serpent. Sa chevelure fauve et bouclée dégageait une odeur de jasmin, à moins que cela ne provienne d'une fragrance qu'elle déposa de ses doigts déliés sur sa peau au teint d'albâtre, dont le grain de peau semblait aussi lisse que celui d'un petit enfant.

— Quel démon t'a donc poussé en ces lieux ? où seules les âmes demeurent le temps de régler leur purification...

— L'indiscrétion m'a porté jusqu'en cette crypte, dit-il d'une voix étouffée par l'émotion de ce face-à-face, qu'il aspirait à concrétiser dans son for intérieur, poussé par un désir ardent de découvrir la partie sombre de Morrigan.

— Ton ego est bien plus imposant que ta plastique, railla-t-elle en le dévisageant de pied en cap. Mais puisque tu oses t'aventurer en ce lieu et te prendre pour un seigneur, alors montre-moi de quel bois tu te chauffes ! tonna-t-elle en lui arrachant la médaille de son cou.

D'un bras tendu, elle toucha du médaillon le haubert du chevalier gisant dans le caveau, puis le replaça autour de son cou svelte, le glyphe chatoyant de lueurs bleutées puis de jaune soufré. La visière du chevalier laissa paraître deux éclats rougeoyants, puis il s'ébranla lentement, bougeant d'abord son torse puis ses membres, se redressant lentement en laissant admirer son cimier à tête de griffon. Abhcan recula, ne sachant comment il allait répondre à ce duel qu'il n'avait point anticipé… Il tourna sa tête de gauche et de droite, alors que le regard de Morrigan brillait d'un éclat glaçant, puis accéda au second caveau où il arracha la lourde épée, posée à côté de l'armure massive du chevalier-démon. Le géant dressa la sienne, à la recherche d'une tête à sectionner. Abhcan plia les genoux à temps, percevant le feulement de la lame balayer l'air comme un bolide émergeant d'un trébuchet. Il vit le heaume du sombre chevalier le dominer de toute sa puissance belliqueuse, la pointe de la lame fendre l'espace de la crypte comme un géant taillant en pièces d'invisibles buissons lui barrant le passage. À chaque coup de taille, Abhcan parvint à esquiver les parades. Il recula, l'imposante lame portée des deux mains, puis il vit le chevalier noir porter un coup de tranchant de haut en bas, et par un automatisme de défense il releva la sienne en tendant les bras au-dessus de son crâne ; le choc fut d'une puissance phénoménale, le son se répercutant dans la fosse comme la cloche d'un beffroi.

    En baissant sa défense, le fût se brisa net et sombra sur le sol humide. Il se releva, le regard ahuri en voyant la lame sectionnée en deux. Le chevalier gronda d'une forte humeur haineuse, formant des moulinets de son arme, fouettant l'air maussade à chaque pas qui le rapprochait de la victoire… Abhcan sentit les dernières gouttes poindre de la clepsydre du destin, la brise sournoise de la lame frôler sa tête à chaque pas qu'il accomplissait à reculons. Sur le fil étroit du temps, il vit émerger le vol majestueux du faucon battant des ailes dans une cadence lente et mesurée, planant comme un nuage bleuté sur un ciel azuré ; l'huis du rapace tonnait comme un appel à la gloire du prince des airs. L'oiseau fondit sur le guerrier de fer, agrippant ses serres sur le heaume, une patte sur le cimier et le second sur l'avers du casque, plongeant ses griffes dans l'antre des ajours. Le guerrier balaya l'air de son arme, la lame tournoyant au-dessus de sa tête, en quête d'un rapace à tailler en pièces. Animé d'une pulsion destructrice, il pivotait comme un démon poursuivit par un brasier le talonnant.

Le monstre effectuait des circonvolutions sur lui-même, tourbillonnant comme un immense jouet de fer, l'oiseau accroché à son heaume comme un cimier de plumes et de chair vouant son corps aux esprits rebelles du dieu Cernunnos. Soudain le pommeau de l'épée vint à cogner le front de Abhcan, le corps du barde partit en arrière, s'en allant rejoindre le sol détrempé de la crypte. Il sombra dans la demeure argentée de la déesse Dana…

— Abhcan !… Abhcan !… la voix de Padarec tonna comme une cloche osant troubler son assoupissement.

Padarec était accompagné de Dago et deux des plus robustes mercenaires du Fianna. Ils se penchèrent vers le corps affalé de Abhcan, à demi noyé dans un filet d'eau.

Lorsque l'écuyer sortit des songes, un voile brumeux recouvrit sa vision, une douleur atroce fusant de son crâne comme s'il avait heurté le tronc du plus plantureux des chênes. Il se releva comme un simple d'esprit ayant cru voir un démon, jeta des regards angoissés autour de lui, les yeux éberlués en découvrant la crypte aussi vide que son ventre lors de grande disette.

— Eh, ça va ?…

Il le retint par le bras, le corps du jeune barde prêt à s'écrouler dans une nouvelle torpeur.

— Tu as dû trébucher, lui dit-il en jetant un regard flagrant sur le sol spongieux. Le parterre est saturé d'eau et tu as sûrement ripé comme un vulgaire pantin. D'ailleurs tu as une belle estafilade sur le front, rajouta-t-il en lui nettoyant le front, maculé d'un filet de cruor – prude allant de bienveillance pour son écuyer.

— Et… le chevalier-démon ?… Morrigan ? dit-il le regard troublé.

Padarec le regarda des sourcils plissés pendant que Abhcan

tournoyait à la recherche d'indices prouvant qu'il ne s'avère point d'un mauvais rêve, mais bien d'un subterfuge alchimique dévolu à la dérobade. Puis il longea le mur comme un ours emprisonné, en quête d'une anfractuosité à dévoiler. Les autres le regardèrent d'un air inquiet.

Dago brisa seul le silence :

— L'unique pièce à convictions, n'étant que ton imagination débridée, toujours apte à décrocher des étoiles…

Alors qu'ils délaissèrent l'oubliette, Abhcan longea le pieux abandonné de l'étrange volatile ; il progressa d'un pas confus vers la sortie, ses chausses balayant d'une impulsion fortuite une rémige étalée sur le sol de son galbe soyeux, juste au-dessus des canaux émergeant de douves révolues…

CHAPITRE VINGT-ET-UN

À quelques pas du campement royal, le corps de Calbach oscillait comme un balancier, pendu au gibet, le grincement de la corde s'accordant sur les rafales du vent : l'ost avait rendu sa justice !

Les étendards du roi Maddan le Juste claquaient au vent de septentrion, au-dessus des abris entoilés et du campement déployé sur la vaste étendue herbeuse pliant sous ces assauts mordants ; un blizzard particulièrement nerveux déposait ses serres glacées où bon lui semble. Un garde, affecté en avant-poste au niveau d'une élévation de terrain, frappait ses bras autour de son torse puissant afin de se réchauffer, pourtant bien rembourré par le gambison ajusté sous la cotte de mailles. De son poste, il apercevait les flammes des feux de camp ployer sous les assauts venteux créant des oriflammes rayonnant sur le paysage échevelé d'un gris cendré. Son regard perçant se dirigea en direction du *velum* de la plus grande tente du camp militaire, les plus hautes instances de l'ost disputant des actions à entreprendre, après avoir failli sur le siège du mont Fola.

Attentif aux moindres propos de ses officiers, le poing marbré de profonds sillons bleutés du roi Maddan étayait sa puissante mâchoire ; il les écoutait discourir et se quereller comme des gamins incriminant l'autre partie de forfaitures sur ce qui aurait dû aboutir en victoire stratégique, alors que les conjonctures du siège étaient de leur côté… Hélas ce ne fut le cas, car la sorcière

Morrigan et sa terrible suite s'étaient volatilisées, ne leur ayant livré que de futiles indices de leurs entités occultes. Et de ce symposium il n'était nulle question de discutailler sur la présence à cette réunion de la Compagnie du Fianna, car le souverain dédaignait cette escouade d'exécrables mercenaires, tout juste sujet à rendre compte de leur suprématie martiale, lorsque les circonstances permettent à l'ennemi de livrer une cuisante défaite au royaume du Rhyarnon. Même si en cet instant, ce n'était qu'une longue et profonde frustration qui se profilait à l'horizon…

De ses larges doigts garnis de profondes cicatrices, il se caressait sa longue barbichette grisonnante au fil du temps. Maddan exhibait une mine anémiée, l'esprit épuisé par la colossale étiquette qu'il doit honorer jour après jour, au fil des années s'écoulant d'une immense clepsydre : celle du Temps. Il n'avait en fait plus le cœur à l'ouvrage, et même ses amourettes ne suffisaient pas à l'arracher de son austère mépris d'un royaume qui n'avait plus ses faveurs. Les tribus se déchirant comme des chiffonniers, parfois pour un bout de terrain, souvent pour le rapt d'une femme, alors que le Rhyarnon incarnait une exemplarité que d'autres royaumes enviaient.

Mais qu'arrivait-il à cette grande patrie ? où chaque tribu honorait ses dettes et se glorifiait de larges offrandes envers ses consœurs lors des fêtes de la sainte Dana…

Tandis qu'à quelques pas de là, la Compagnie du Fianna avait banni Finbarr et Mochàn de la confrérie ; dorénavant, ils erraient en âmes amorphes sur les terres du Fola comme deux damnés, refoulés à coups de pierres et chargés de mettre autant de lieues entre eux et la guilde, sous peine de servir de pâture aux charognards chaloupant sur les courants ascendants des masses d'air…

*

La Compagnie du Fola adoubait son nouveau chef, sous les

râles cinglants d'un vent du nord. Un genou à terre, Padarec courbait l'échine alors que le vieux Dago lui rendait les hommages et lui décernait les pouvoirs de commandement durant un an, sous les hourras des vaillants mercenaires…

*

À la tombée de la nuit, les râles venteux s'étaient assagis ; seule la parure céleste glorifiait les terres âpres du mont Fola, dont la serpe de la lune osait révéler sa faucille aux fiers guerriers de l'ost, ses deux serres orientées vers la Voie lactée. Le son magique et envoûtant du fidlle résonnait au-dessus du campement du Fianna ; la voix mélancolique de Abhcan le parant de douloureuses complaintes émergeant en trémolo des gorges des femmes des intrépides celtes bravant les terribles Fomoires…

Assis à quelques pas de là, Padarec écoutait d'une ouïe attentive ce chant honorant la *geste* des Tuatha Dé Danann, alors que les jambes du roi Maddan le Juste étaient bien campées au-dessus d'un mamelon, le cœur battant comme un bodhrán (tambour) et le regard détaillant d'un esprit affligé l'échine du chevalier assoupit sur les airs traditionnels du grand Rhyarnon…

*

Après que les constellations glissèrent de quelques degrés sur la voûte du ciel, Abhcan referma la boîte protégeant le fiddle et, d'un esprit balbutiant dans un profond assoupissement, se releva en trébuchant de l'assise rocheuse émergeant d'une terre fertile. Il se retourna d'un geste maladroit, le regard perdu vers le flanc nébuleux du mont Fola ; des vapeurs de brume montaient à l'assaut des cimes enneigées, d'où des panaches de fumée se façonnent en enclume titanesque, à la mémoire des séculaires dieux celtes.

Entre deux écharpes de brume, il sembla distinguer la

silhouette obscure de la prêtresse Morrigan, un bras au niveau de sa taille, et l'autre tendu vers les sphères. Un freux se présenta, se perchant sur sa main gantée. Elle se tourna vers la plaine, son regard semblant déceler dans les exhalaisons de vapeur la présence du jeune barde. Mais de cela, n'était-ce pas sorti tout simplement de l'esprit brouillon du jeune barde ?

BIBLIOGRAPHIE

– Dimitri Nikolai Boekhoorn. Bestiaire mythique, légendaire et merveilleux dans la tradition celtique : de la littérature orale à la littérature écrite : étude comparée de l'évolution du rôle et de la fonction des animaux dans les traditions écrites et orales ayant trait à la mythologie en Irlande, Écosse, Pays de Galles, Cornouailles et Bretagne à partir du Haut Moyen Âge, appuyée sur les sources écrites, iconographiques et toreutiques chez les Celtes anciens continentaux. Littératures. Université Rennes2 ; University Collège Cork, 2008. Français. https://tel.archives-ouvertes.fr/tel-00293874 Submitted on 7 Jul 2008

– Coudé Armel. La mise en valeur des tourbières et l'utilisation de la tourbe en République d'Irlande. In : Annales de Géographie, t. 82, n°453, 1973. pp. 576-605 ; doi : https://doi.org/10.3406/geo.1973.18913
https://www.persee.fr/doc/geo_0003-4010 - 1973-num-82-453-18913

– Brunaux Jean Louis. Visage de la mort et du mort en Gaule celtique ou la philologie et l'archéologie peuvent-elles faire bon ménage ?. In : Revue archéologique de Picardie, n°1-2, 1998. Table ronde de Ribemont-sur-Ancre (Somme) les 4 et 5 décembre 1997 : les rites de la mort chez les Celtes du Nord / Les sépultures à l'incinération laténiennes d'Allonne (Oise) pp. 257-269 ; doi : https://doi.org/10.3406/pica.1998.2284
https://www.persee.fr/doc/pica- 0752-5656 -1998- num-1-1-2284

– Cours d'Escrime Médiévale, l'Épée à deux Mains, Maistre Jean-Luc Pommerolle, Saint Quentin : PDF